KB073574

아트풀

Artful

아트풀

앨리 스미스

이상아 옮김

프시케의숲

일러두기

1. 외래어 표기는 국립국어원의 표기법을 따르되, 관행에 따라 예외를 두었다.
2. 단행본, 잡지, 장편소설 등은 《 》로, 시, 단편소설, 희곡, 그림, 강연, 방송, 전시 등은 〈 〉로, 노래는 「 」로, 노래 앨범은 『 』로 표기했다.
3. 원서상에 표기되어 있던 영역자의 이름은 한국어판에서 꼭 필요한 경우를 제외하고 모두 삭제했다.
4. 하단 각주는 모두 옮긴이 주이다.

이 책은 2012년 1월과 2월 옥스퍼드 세인트 앤스 컬리지의 유럽 비교문학 전공 바이덴펠트 초빙교수를 위한 네 개의 강연 형태로 시작되었다. 당시 전달되었던 것과 상당히 유사하게 여기에 해당 강의를 공개한다.

이 책을 만들 수 있게 해주고 현장에서 빈틈없는 호의를 애써 베풀어준 세인트 앤스의 모든 분들께 큰 감사를 드린다. 팀 가담, 샐리 셔틀워스, 매슈 레이놀즈, 바이덴펠트 경의 친절에 특히 감사 드린다.

발에 부딪혀 부서지는
파도를 잡아두려 하지 마라
새로운 파도의 흐름에 서 있는 한
파도는 계속해서 부딪혀 부서질 테니.

_베르톨트 브레히트

Oliver plucks up a Spirit

6

The perfect form, the beautifull face,
elegant manners of Lucy so won on
e affections of alice that when they
arted, which was not tille after Supper
he assured her that except her Father,
rother, Uncles, Aunts, Cousins & other
elations, Lady Williams, Charles Adam
a few dozen more of particular freind
e loved her better than almost any
ther person in the world.

Such a flattering assurance of
er regard would justly have given muc
leasure to the object of it, had she not
lainly perceived that the amiable alic
ad partaken too freely of Lady Williams's
laret.

Her Ladyship (whose discernmen

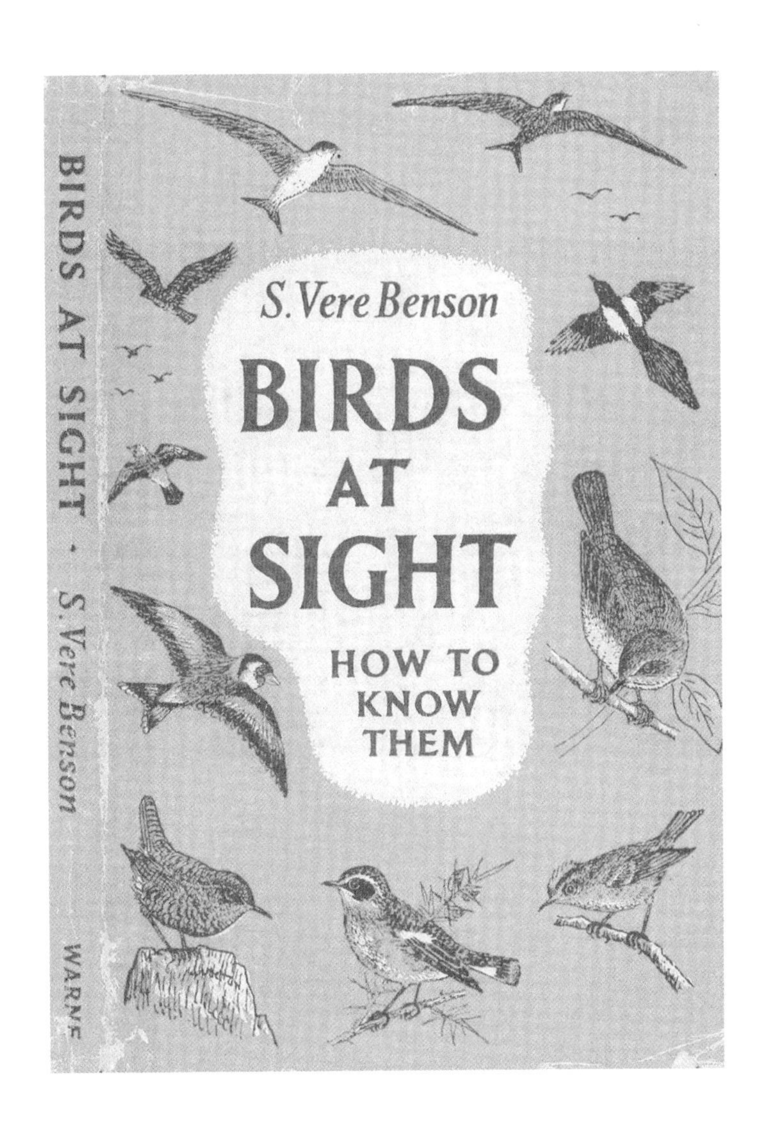
BIRDS AT SIGHT · S. Vere Benson
WARNE
S. Vere Benson
BIRDS
AT
SIGHT
HOW TO
KNOW
THEM

SUPER
STEER-A-BALL
DIRECTIONS
Insert PENNY and
turn wheel SLOWLY
to deliver ball.

KA

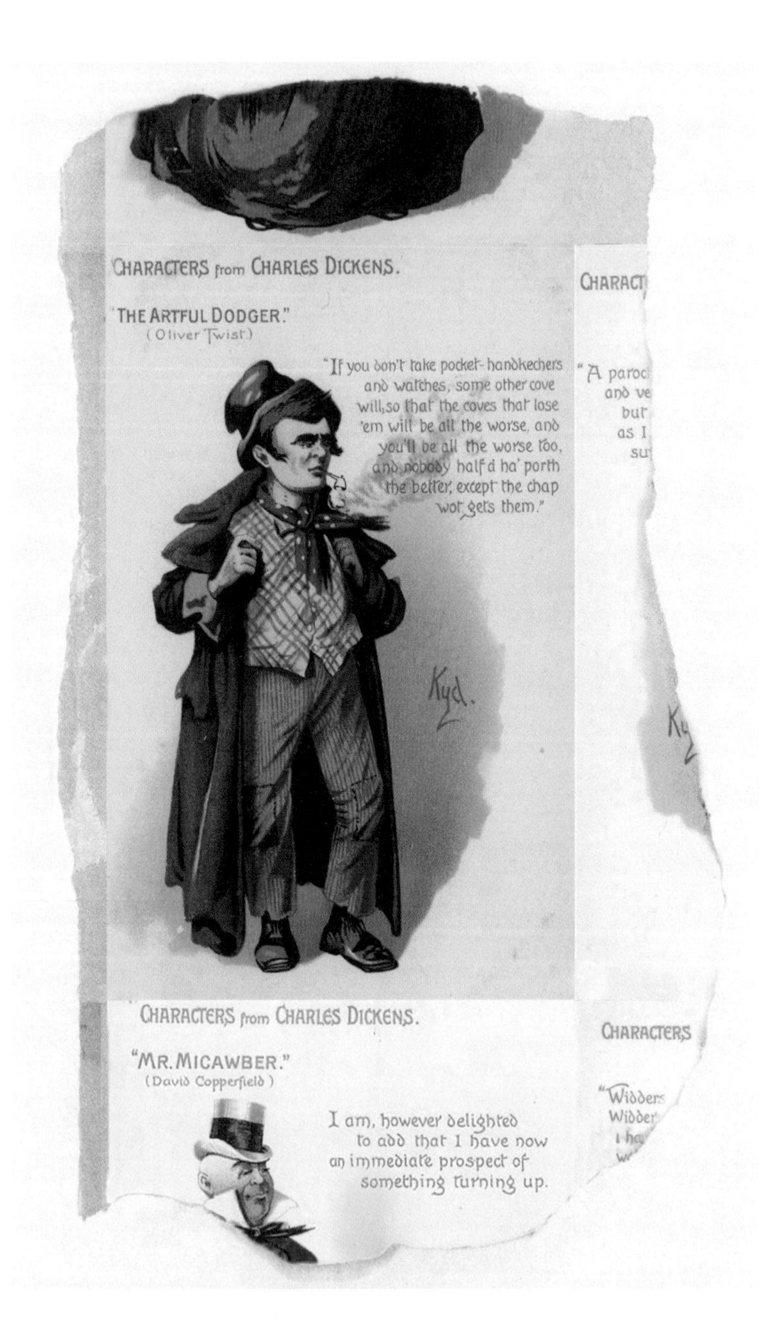
CHARACTERS from CHARLES DICKENS.
"THE ARTFUL DODGER."
(Oliver Twist.)
"If you don't take pocket-handkechers and watches, some other cove will, so that the coves that lose 'em will be all the worse, and you'll be all the worse too, and nobody half a ha'porth the better, except the chap wot gets them."
Kyd.
CHARACTERS from CHARLES DICKENS.
"MR. MICAWBER."
(David Copperfield)
I am, however delighted to add that I have now an immediate prospect of something turning up.

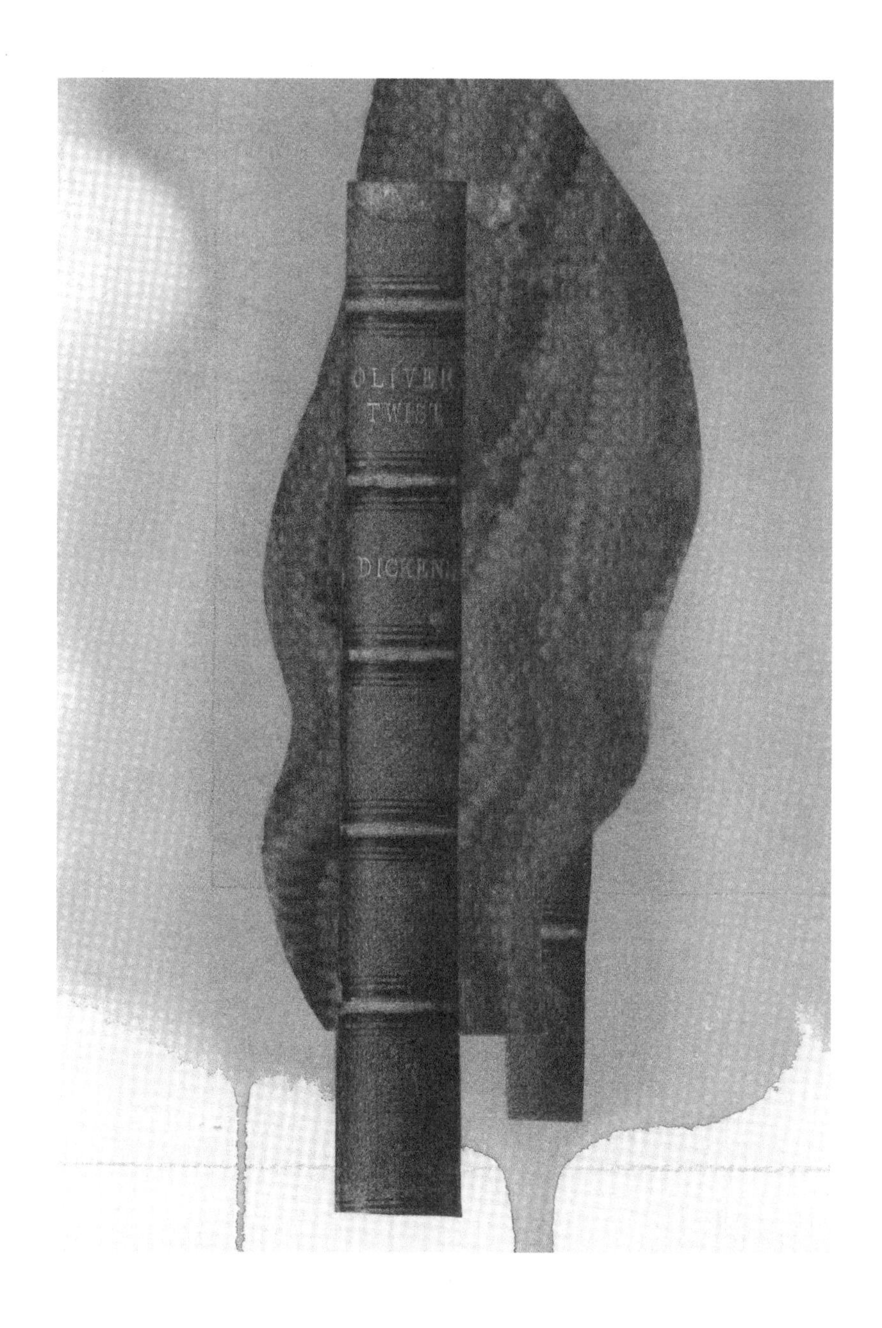

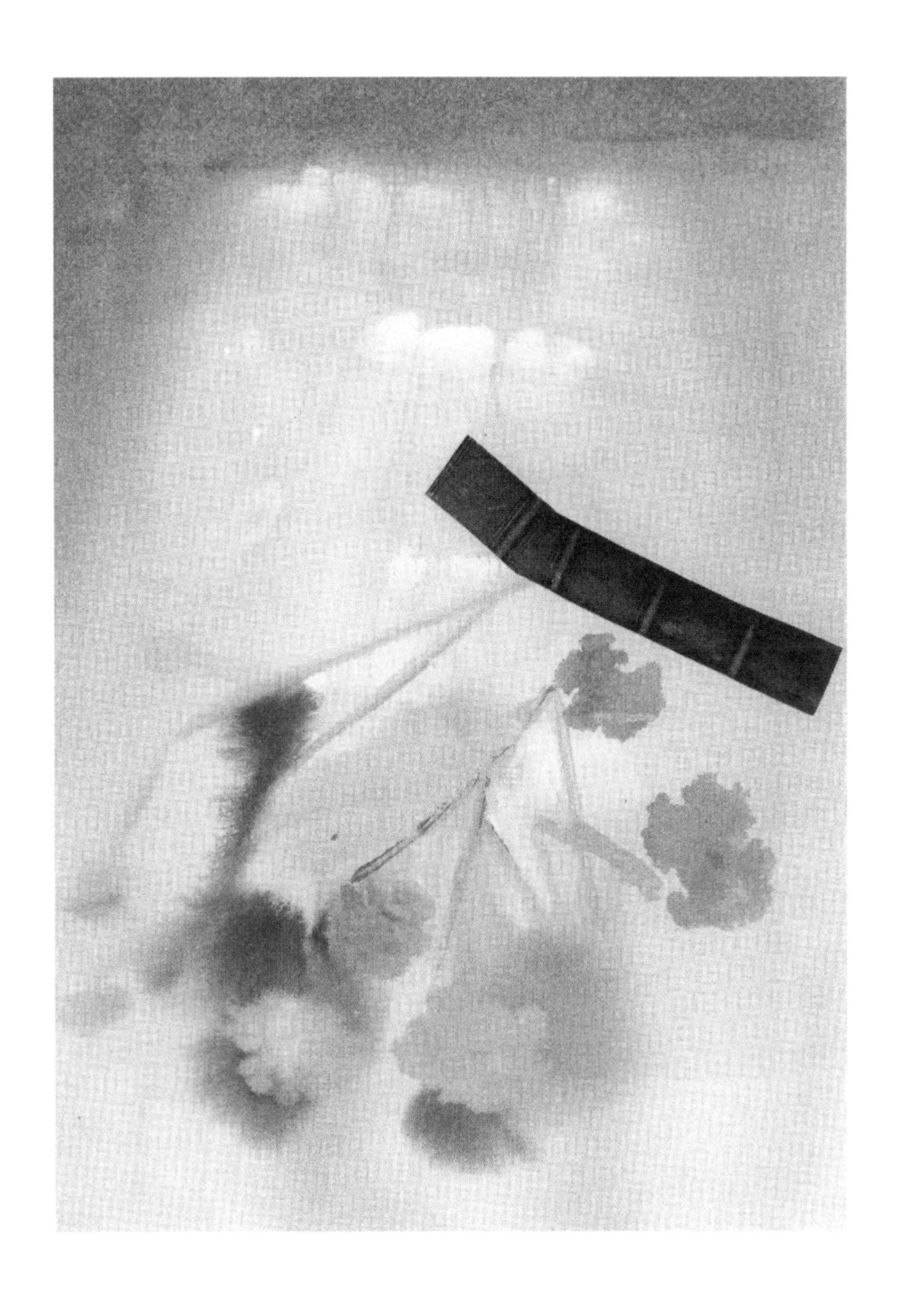

Artful

Contents

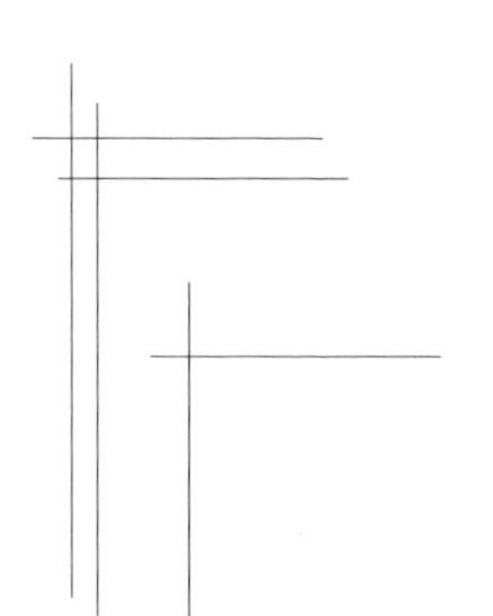

제1장

시간에 관하여

“내 사랑아, 오늘은 바람이 분다네
그리고 보슬보슬 비도 내려,
내겐 평생 단 한 번의 진실한 사랑이 있었다네
그녀가 누워 있는 차가운 무덤에서.
‘난’ 나의 진실한 사랑을 위해 최선을 다한다네
어떤 젊은이라도 그렇겠지
그녀의 무덤가에 앉아 애도한다네
열두 달하고도 하루 동안.”

열두 달하고도 하루가 되었는데 나는 여전히 상실감에 젖어 있었다. 아니, 오히려 상실감에 빠진 것 그 이상이었다.

그래서 나는 우리가 함께 쓰던 서재로 가 당신의 책상을 보았다. 거기엔 당신이 마지막으로 작업하다 채 마치지 못한 것들이 아직도 가지런히 쌓여 있었다. 당신의 책이 보였다. 책꽂이에서 무작위로 당신의 책 한 권을 꺼냈다—이젠 *나의* 서재, *나의* 책상, *나의* 책이지만.

오늘 내가 꺼낸 책은 우연히도 원래는 나의 것이었던 책이었다. 디킨스의 소설 《올리버 트위스트》로 내가 대학교 때부터 갖고 있던 오래된 펭귄 에디션이었다. 책등의 오렌지색이 거의 다 바랬고 거나하게 취한 술꾼과 아이들이 펍에 있는 모습을 새긴 표지도 책등에서부터 벗겨지기 시작했다. 한 번 더 읽히길 바라며 서 있는 것 같았다. 《올리버 트위스트》를 마지막으로 읽은 게, 세상에 언제였더라? 우리가 서로 알게 되기도 전이었다. 대학교 때 읽으래서 읽었으니까, 그럼 30년이 됐겠다.

정신이 번쩍 들었다. 열두 달하고도 하루는 틀림없이 짧다고 할 수도 있을 것이다. 그런데 30년이라고? 어떻게 해서 30년이 눈 깜짝할 사이처럼 느껴질 수 있지? 이건 마치 제2차 세계대전의 흑백 영상과 〈탑 오브 더 팝스〉에서 「라이프 온 마스」를 부르는 데이비드 보위 사이의 차이였고, 아이 넷을 둔 성인 여자의 사이즈, 특히 그 여자가 매우 일찍 시작했더라면 아이 중 한 명은 충분히 나이를 먹어 A레벨*을 준비하고 있을 여자의 사이즈 변화와도 같은 시간이었다. 이제 A레벨이 예전의 A레벨이 아니기는 하지만.

어쩌면 난 《올리버 트위스트》를 처음부터 끝까지 전부 다 읽으려고 했는지도 모른다. 하지만 난 아무것도 읽지 않았다. 읽을 수도 없었다. 열두 달하고도 하루가 훨씬 지날 동안 말이다. 나는 *올리버 트위스트가 태어난 장소와 그의 탄생을 바라보는 상황을 다루는* 제1장 45페이지를 펼쳤다(그가 태어나기도 전에 관한 이야기를 다루는 페이지가 꽤 많았다. 무려 44페이지였다. 하지만 사실 난 누군가에 관한 도입부를 읽고 싶지 않았다. 내 인생의 도입부인 날들은 끝났다, 신이시여 감사합니다. 그러고 보니 나이를 조금 먹어간다는

* 영국 고교 졸업 자격 시험.

데에도 좋은 구석이 있긴 하다). 그리고 난 창가에 있는 안락의자에 앉았다.

이 창가에는 외풍이 있었다. 이 창가에는 계속 외풍이 있었다. 예전에 집에 페인트칠을 했을 때 우린 페인트를 말리기 위해 창문을 살짝 열어두었는데 이후 페인트에 흠집을 내지 않고서는 창문을 완전히 닫을 수가 없었다. 그런데 페인트칠을 너무도 정성들여 한 나머지 당신은 페인트에 흠집을 내고 싶어 하지 않았고, 그래서 우리는 그걸 그대로 두었다. 난 거기에 얼마 동안 앉아 있으면 지금이 여름임에도 불구하고 결국 틀림없이 목이 아프고 어깨가 뻐근해질 거라는 걸 알았다. 여름이라니. 열두 달하고도 하루를 지내며 몇 번이나 나는 일련의 계절이 다시 새로울 수 있을까 의문이었다. 오래된 회전목마에서 페인트칠이 벗겨진 채 서로 바짝 붙어 꼬리에 꼬리를 물고 따라가는 나무로 만든 말처럼이 아니라 완전히 새로운 시간이 올까.

나는 다른 창문이 있는 방의 반대편을 바라보았다. 의자를 놓으면 좋겠다고 항상 생각해왔던 곳이었다. 거긴 채광이 더 나을 것이고 마침 책상과도 더 가까우니 각도 조절 램프의 각도를 조절해 날이 어두워져도 계속해서 책을 읽을 수 있을 것 같았다.

하지만 이 의자는 당신의 의자였다. 내 신용카드로 우리가 함께 산 것이긴 하지만. (그리고 아직 할부가 끝나지 않았다. 우리가 온라인으로 보고 신용카드로 사고 트럭으로 배달된 의자가 우리보다 더 오래 남을 것이기도 하고, 남을 수도 있고, 실제로도 남는다는 건 얼마나 부당한가.) 우리는 의자를 옮기는 일에 관해 몇 번 입씨름하기도 했지만 그 문제에 관해선 항상 당신이 이겼다.

이건 열두 달이 지나고 며칠이 더 지난, 지나간 날들, 지나간 달이라는 더미 위에 존재하는 하나의 새로운 날에 든 생각이었던 것 같다. 나는 의자 위에 책을 툭 내려놓고 의자를 끌고 방을 가로지르기 시작했다.

의자는 무거웠다. 보기보다 훨씬 더 무거웠다. 그래서 난 중간에 멈추고 그 뒤에 서서 밀었다. 미는 것 역시 어느 정도는 힘이 들었다. 러그 하나가 그 아래에 껴서 방을 가로질러 질질 끌려오고 있었기 때문이었다. 의자 다리 하나로 바닥널에 상당히 심각한 흠집을 내고 있을지도 모른다는 느낌도 들었다. 그랬다. 난 그러고 있었다. 이것 봐. 의자를 밀면서 발밑에 둥근 끌로 판 것 같은 홈이 생기는 게 보였다. 하지만 내 바닥이었다. 거기에 내가 원하는 건 뭐든 할 수 있었다. 그래서 난 러그가 여전히 의자 아래 구겨져 있음에도 불구하고 계속해서 밀었고 방에 있는 다른 러그들도 역시 모두 엉망이 되고 말았다.

나는 숨을 고르고 책을, 당신의 책이 아닌 나의 책을 다시 집어 들고 새로운 곳에 자리 잡은 의자에 앉았다. 바닥에 쓰러져 있는 한 소년과 그 소년에게 한 방 먹인 듯 서 있는 다른 소년, 열린 문가에 서서 놀란 눈으로 바라보는 여자, 또다시 주먹질을 하지 못하도록 작은 소년을 뒤에서 잡고 있는 또 다른 사람의 모습이 있는 그림이 펼쳐졌다. 그 아래에는 이렇게 적혀 있었다. *올리버 용*

기를 내다. 그래, 여기 조명이 훨씬 낫다. 러그는 이제 완전히 비뚤어져 일종의 생명체처럼 보였다. 바닥에서 아무 데나 자리 잡고 잠든 개의 무리 같았다. 나는 그 모습이 꽤 마음에 들었다. 방이 예상치 못했던 잠든 개의 낯선 무리로 가득하다는 생각이 좋았다.

> 여러 이유로 언급하지 않는 것이 신중한 일이 될, 굳이 가공의 이름을 붙이고 싶지도 않은 어느 마을의 공공건물 가운데 자랑할 만한 건물이 하나 있었으니 그건 바로 크고 작은 대부분의 마을에 으레 하나쯤 있는 구빈원이었다. 그리고 이 구빈원에서 한 생명이 태어났다. 어떤 요일, 어떤 날짜였는지 직접 언급할 필요는 없을 것 같다. 어찌되든 이 단계에서 독자에게 큰 영향을 미칠 가능성이 없으니까. 죽음을 맞을 운명의 이름이 이 장의 제목에 붙어 있기도 하고 말이다. 이 아이는 교구 의사의 인도로 이 슬픔과 고통의 세상으로 나온 뒤 한참 동안이나 이름이라도 붙여질 만큼 살아남을 수 있을지 상당히 의문인 상태를 유지하고 있었다. 만약 살아남지 못할 경우, 어쩌면 이 전기는 공개되지도 못했을 가능성이 상당히 높다. 아니면 공개된다고 해도 두세 페이지에 불과해서 어느 시대 또는 어느 국가의 작품을 막론하고 현존하는 가장 간결하고 충실한 전기의 표본이 되어 어디에도 견줄 수 없는 가치를 소유하게 됐을지도 모른다.

우선: 디킨스는 어째서 이 일이 일어나고 있는 마을에 이름을

붙이지 않았을까? 그리고: 구빈원이라는 단어는 나에게 아버지가 언젠가 아버지의 어머니(나의 할머니)가 세탁 작업장에서 일했었다고 해주었던 말을 떠올리게 한다. 그래서 특정하지 않은 이 장소가 그 모든 세월이 지나 미래에 있는 지금의 나에게 꽤 가깝게 느껴진다. 그리고: 생일이 어떻게 아무 의미가 없을 수 있을까? 그리고: 시간이 말해줄 거라는 암시. 그리고 이런 표현: 죽음을 맞을 운명. 이 세 단어는 한 명의 아이, 한 명의 사람을 의미한다. 게다가, 죽음을 맞을 운명이라는 것은 책 전체를 의미할 수도 있다. 마치 내가 손 안에 죽음을 맞을 운명을 쥐고 있기라도 한 것처럼 말이다. 그리고: 이 슬픔의 세상. 이 표현을 읽었을 때 나는 내 슬픔, 내 등에 짊어진 세상의 무게를 다시 한 번 느꼈다. 그리고 아주 정확히 동시에 다른 장소, 다른 시기에 있는 다른 누군가 역시 나와 마찬가지로 이 세상을 슬픔의 공간으로 생각했다는 사실에 내 등에 짊어진 무게가 한결 가벼워지는 것처럼 느꼈다.

저게 노크였나? 현관에 누가 있나? 아니다, 그게 뭐였든 멈췄다. 아마 옆집이었나 보다. 어쩌면 내가 의자를 옮기는 소음을 들은 이웃이 항의의 의미로 자기들도 물건 옮기는 소리를 내기로 한 건지도 모르겠다.

나는 책으로 돌아왔다. 아이가 이름이라도 붙여질 수 있을 만큼 살아남을지 상당히 의문인 상태의 문제, 이게 관심을 끌었다. 이름 붙여진다는 것이 생존의 근거였던가? 이름이 없다면 무언가는 덜 길게 살게 될까? 예를 들어 두세 페이지 길이의 운명에 처해

지게 되는 걸까? 그리고 이름을 짓는 게 생존과 연관이 있었던가, 이름을 짓는 것과 생존 모두가 어떤 식으로든 모두 시간과 관련이 있었던 걸까?

그래, 난 생각했다. 난 괜찮아. 난 진짜 무거운 의자를 옮겼어. 뭔가를 바꾼 거야. 그리고 난 소설 열여섯 줄을 읽었고, 그 소설에 대해 몇 가지 생각을 했고 이 중 그 어느 것도 당신과 함께 하지 않았고 당신과 관련이 있지도 않아. 심지어 "죽음을 맞을 운명"이라는 문구를 읽고도 당신이 아닌 다른 무언가를 생각했지. 시간은 모든 상처를 힐링한다. 아니면 당신이 말했던 대로 시간은 모든 상처를 아킬레스힐링한다. 그리고 당신은 아킬레스의 어머니가 엄지와 검지로 아킬레스의 뒤꿈치를 잡고 보호의 강에 담그는 바람에 뒤꿈치가 강물에 닿지 않아 보호받지 못한 이야기를 하곤 했다. 당신은 이야기에 관해서라면 그게 바로 서스펜스가 의미하는 것이라고 했다. 그리고 그때부터 계속 모든 시간의 화살은 그 보호받지 못한 뒤꿈치를 가리키고 있었다.

하지만 내가 항상 당신이 했던 말을 생각하고 있어야만 하는 것은 아니다. 사실 나는 책을 읽는 동안 당신에 대해 단 한 번도 생각하지 않고 온전히 10분을 보냈다고 생각하며 책으로 돌아왔다. 그리고 펼쳐진 책 위쪽 너머를 올려다보았다. 누군가 계단을 올라오는 것 같은 소리가 들렸기 때문이다.

누군가 올라오고 있었다. 그건 당신이었다.

당신이 문간에 서 있었다. 당신이 기침을 했다. 그 기침 소리는 당신이 아니고서는 나올 수 없는 것이었다.

당신은 먼지와 모래 같은 것들로 뒤덮여 있었다. 옷은 얼룩지고, 헝클어지고, 찢어져 있었다. 1995년에 유행이 지난 흰색 스티치가 들어간 검정색 조끼를 입고 있었다. 우리가 옥스팜에 기부했던 것이다. 피부는 얼룩덜룩했다. 머리카락에는 먼지와 모래알이 주렁주렁했다. 멍든 것처럼 보였다. 당신은 선 자리에서 몸을 살짝 흔들었고 작은 돌과 모래 따위가 떨어져 나왔다. 나는 작은 알갱이 중 일부가 당신 뒤의 계단 아래로 떨어지는 걸 지켜봤다.

내가 늦었어, 당신이 말했다.

그랬네, 내가 말했다.

늦었어, 당신이 다시 말하며 팔과 어깨를 손으로 털었다. ―보다 늦었어. ―보다 늦었어. ―보다.

《앨리스》에 나오는 토끼보다 늦었어, 내가 말했다. 그게 당신이 늦었을 때 항상 하는 말이었기 때문이었다.

뭐보다? 어디에 나오는? 당신이 말했다.

토끼 말이야, 내가 말했다. 《앨리스》에 나오는.

그게 뭔데? 당신이 말했다.

당신이 손을 머리로 가져갔는데 마치 안경을 찾으려는 것 같았다. 하지만 안경은 거기에 없었다.

《이상한 나라의 앨리스》 말이야, 내가 말했다. 그 흰 토끼. 주머니 시계를 갖고 다니는. 기억나? 토끼가 시간을 계속 확인하잖아.

근데, 시간이 몇 시야? 당신이 말했다.

나는 주머니에서 휴대폰을 꺼냈다.

8시 15분 전, 내가 말했다.

그러고 나서 난 내가 당신의 말을 잘못 알아들었다는 걸 깨달았다. 당신이 실제로 한 말은 이거였다. *근데, 시간이 무엇이야?*

분명 당신이었다, 그 눈만 빼고. 당신의 눈은 어디에 있는 걸까, 다른 누구에게도 없던 파란색 대신, 지금 거기에는 검은 공간만 있다. 눈 전체가 동공이 되어버린 것 같았다. 당신은 눈이 먼 사람처럼 방 안에 발을 들여놓았다. 모래의 흔적이 남았다. 그 부스러기는 마치 우리가 넋 놓고 서서 유골함에 담긴 당신의 유골을 너도밤나무가 늘어선 고대 로마 시대의 도로 여기저기에 뿌릴 때 내 손안에 쥐고 있었던 그것과 매우 비슷했다. 당신은 방을 가로질러 오래된 당신의 책상 앞에 섰다. 거기 쌓여 있는 모든 문서는 거의 당신이 남겨두었던 모습 그대로였다.

그러고 나서 당신은 앓는 소리를 하고 물러서더니 거실로 갔다. 당신 뒤로 문이 열린 채 그대로 남아 있었다. 당신은 꺼져 있는 텔레비전 앞에 앉았다.

TV를 보려고 죽음에서 돌아온 거야? 내가 말했다.

당신은 아무 말도 하지 않았다. 나는 텔레비전을 켰다. 당신은 데번햄스백화점 앞에서 후드를 쓰고 구부정한 자세로 성큼성큼 걸어가는 젊은 사람 몇 명이 나오는 〈BBC 24〉의 반복되는 영상 앞에 털썩 주저앉았다. 아나운서는 폭동에 대해 이야기했고 사람들은 화난 목소리로 전화를 걸어왔다. 영상은 자체적으로 반복되고 또 반복됐다. 그러다 난 전화를 걸어온 사람들의 목소리 역시 반복 재생되고 있다는 걸 깨달았다.

나는 당신과 함께 앉아 30분 동안 그걸 지켜보는 당신을 바라보았다. 그러다 당신에게 차를 한 잔 줘야겠다고 생각했던 것 같다. 그런데 죽은 자에게 음식을 주지 않는다든지 그들에게서 음식을 받으면 안 된다든지 그런 미신이 있지 않았나? 음, 하지만 이건 당신이었다. 그리고 분명히 당신이 아니기도 했다. 이건 나의 상상이었다. 내가 원한다면 상상력으로 만든 차를 허구로 대접할 수도 있었다.

나는 부엌으로 가 당신이 가장 좋아했던 머그에 우유와 설탕 하나를 넣어 차를 만들었다. 나는 그걸 가지고 와 당신에게 건넸다. 리모컨을 찾으려고 TV 쪽으로 가다가 당신을 돌아보니 당신은 머그를 거꾸로 들고 뜨거운 차를 바닥에 쏟아내고 있었다. 그러더니 텅 빈 머그를 주머니에 넣었다.

화면에는 1991년 걸프전쟁과 관련된 보도가 나오고 있었다. 이라크 전역에 걸친 유행성 소아암에 관한 이야기였는데 20년이 지난 오늘날까지도 여전히 발생하고 있는 일이었다. 이는 미군이 열화우라늄으로 코팅한 미사일과 탄환을 사용했기 때문에 *아직까지도 방사능이 남아 있는* 먼지가 이라크 전역에 퍼지고 있어서였다. 화면과 겹쳐 나오는 목소리는 *지금으로부터 45억 년*이라고 말하고 있었다. 이런 일은 당신이 격분하던, 의자에서 길길이 뛰던 종류의 일이었다.

이제 확실히 알겠어, 당신은 진짜가 아니야, 내가 말했다.

당신이 까만 눈을 나에게로 돌렸다.

그게 뭐야, 다시 말해봐, 진짜라니? 당신이 말했다.

나는 TV를 껐다.

좋아, 내가 말했다. 내가 당신과 여기에 함께 있는 한 우리는 지금 이 순간을 소비하고 그 의미를 이해하게 될 거야. 왜냐면 이건 당신이 떠난 이후로 내가 수천 번이나 소망하고 소망해왔던 일이니까. 바로 지금이 현재이고 우리가 그 안에서 살아가고 있다는 걸 알았더라면 얼마나 좋았을까, 라는 생각 말이야.

당신은 손을 뻗어 소파 옆 테이블에서 연필깎이를 집었다.

그래서 말인데 당신에게 말하고 싶었던 게 두 가지가 있어, 내가 말했다.

당신은 손 안에서 연필깎이를 뒤집더니 조끼 주머니 안으로 떨어뜨렸다. 머그에 부딪혀 달그락하는 소리가 들렸다.

음, 두 가지보다는 훨씬 많지만 이 두 가지가 당신에게 가장 하고 싶었던 말이야, 내가 말했다. 사실 첫 번째는 당신에게 보여주고 싶었던 거야.

나는 서재를 가로질러 책장, 그러니까 J의 책장으로 가 손을 뻗어 오래된 1909년판 헨리 제임스의 《황금 그릇》 1권을 꺼냈다. 내가 책을 다시 읽기로 결심했던 지난봄에 이 책을 골랐던 이유는 어떤 면에서 당신이 이것을 좋아했기 때문이었다. 당신은 특히 이 판본, 그러니까 당신이 자선가게에서 찾아내 1권과 2권을 단돈 4

파운드에 샀던 이 판본을 좋아했다. 나는 당신이 없는 사반세기의 첫 번째 봄에 정원에 앉아 그 책을 읽으려고 하고 있었다. 하지만 독서는 내가 할 수 없었던 여러 가지 일 중 하나였다. 마지막으로 시도해보자고 결심했던 날, 책을 무작위로 펼쳤을 때 몇 년 전 여름 당신이 펼쳐진 책을 들고 정원에서 주방으로 뛰어 들어오던 장면이 기억났다. 봐! 이것 좀 봐! 아마 100살은 됐을 거야, 100살 된 진딧물이라고, 누군가 이 책을 펼쳐본 지 말 그대로 100년이 됐을 수도 있어, 이 날개 좀 봐! 날개맥들이 진짜로 보이잖아, 실제로 여전히 초록색이 남아 있고. 생각해봐, 이 진딧물이 100년 전에 존재했던 장미에 잠시 머물렀을 수도 있잖아, 어때, 완전 매혹적이지 않아?

338페이지였지, 지금의 내가 말했다.

나는 책을 펼쳐 들고 가서 당신의 무릎 위에 놓았다. 나는 페이지에서 꽤 위쪽에 있는 단어인 *로부터*를 가리켰다. 거기쯤 진딧물이 있었다. 그 모든 세월 후에도 여전히 흐릿하게나마 초록빛을 띤 양 날개를 펼친 채였다.

보여? 내가 말했다.

당신은 책을 붙들고 바라보다가 어리둥절하게 날 바라보았다.

어쨌든 나는 책을 되돌려받아 접고 의자 팔걸이 위에 놓으며 말했다, 내가 당신에게 가장 말하고 싶었던 두 가지 중 두 번째는.

두 가지가 뭐라고? 당신이 말했다.

나는 상의를 올리고 왼쪽 골반 위에 있는 문신을 보여주었다.

내 문신에 얽힌 이야기는 이래. 우리가 처음 연인이 됐을 때 난 당신에게 문신을 하고 싶다고 말했어. 당신은 문신이 싫다고 했지. 싸구려로 보인다고, 내가 문신을 안 하면 좋겠다고 그랬어. 당신은 20세기 같은 세기를 보낸 후 문신의 역사적 선례는 이제 일종의 무자비함을 드러내는 지울 수 없는 표시를 의미하게 되었다고 말하면서 지울 수 없다는 것이 무엇을 의미하는지 아냐고, 없애버리기가 얼마나 어려운지 아냐고 나에게 물어. 난 당신이 좋아하든 좋아하지 않든 문신을 할 거라고, 그리고 윌리엄 블레이크의 호랑이 문신을 어깨에 하고 싶다고 말해. 당신은 말하지, 뭐라고, 시 전체를? 그럼 타투이스트에게 스펠링을 y로 해달라고 말해야 할 거야.* 난 말하지, 아니, 시가 아니라, 난 윌리엄 블레이크가 호랑이에 대해 쓴 시에 있는 호랑이 그림을 원하는 거야. 당신은 크게 웃더니 앤절라 카터가 그 "똥짤막한 짐승"에 대해 뭐라고 했는지 말해. 앤절라 카터는 그게 호랑이라기보다 동물 캐릭터 잠옷처럼 보인다고 생각했어. 나는 가서 "똥짤막한"이라는 단어를 찾아봐. 전에 들어본 적이 없었으니까.

다음날 밤 나는 당신에게 어떤 문신을 할지 당신이 정해주는 경우에만 문신을 하기로 결정했다고 말해.

알겠어, 뭘 해야 하는지 난 정확히 알지, 당신이 말해.

* 윌리엄 블레이크는 시에서 tiger를 tyger로 표기했다.

당신은 당신의 책장으로 가서(이땐 우리가 함께 살기 전이고 사람들이 신의가 가장 두터울 때 하는 행동, 그러니까 각자의 책을 하나의 서고에 섞어 두는 일을 하기 전이다) 제인 오스틴의 얇은 책 한 권을 꺼내 펼치고는 책장을 휙휙 넘겨서 당신이 원하는 부분을 찾아.

당신은, 여기부터 저기까지, 라고 말해.

난《오만과 편견》과《이성과 감성》이전에도 제인 오스틴 작품이 있는지 몰랐어. 이건 들어본 적도 없던《잭 & 앨리스》에서 발췌한 내용이야. 난 그걸 읽어.

> 완벽한 몸매, 아름다운[beautifull] 얼굴 & 우아한 태도의 루시는 그렇게 앨리스의 호감을 샀다. 그래서 그들이 저녁 식사 후에야 떠나게 되었을 때 그녀는 아버지, 남자 형제, 삼촌, 숙모, 사촌 & 다른 관계, 레이디 윌리엄스, 찰스 아담스 & 수십 명의 특정한 친구[freinds]를 제외하고는 그녀를 이 세상의 다른 그 누구보다 더 사랑한다고 장담했다.

좋아, 어떤 부분을 원해? 내가 말하지.

전부 다, 당신이 대답해, *완벽한*에서 *장담했다*까지. 그리고 난 타투이스트가 오스틴이 아름다운을 표기했던 철자법을 따라주기를 바라. 두 개의 l을 쓰고, 친구라는 단어도 오스틴처럼 써야 해, i와 e를 반대로 쓰는 거지, f, r, e, i, n, d를 쓰는 거야. 그렇게 하지 않으면 당신은 새로운 피부에 문신을 다시 해야 할 거야, 그렇게 하지 않으면 난 만족하지 못할 테니까. 문신을 하기로 그렇게 굳게 마음먹었다면 말이야. 알겠지?

이걸 전부 다? 내가 말해.

연결어 대신에 앤드 기호를 썼다니 운이 좋은 줄 알아, 당신이 말해.

물론 당신은 나의 허세를 자극하고 있는 거야. 나도 마찬가지야. 나는 그 책을 밀 로드에 있는 문신 시술소로 가지고 갔다가 몇 번의 시술 뒤 정확히 이 문신과 함께 집에 돌아와. 나는 문신을 짙은 파란색으로 하기로 정해, 당신의 눈동자 색이잖아. 엄청 비싸더라고. 별것 아닌 것 같으면서도 많이 아프고.

나는 문신이 완성되고 피부가 가라앉은 다음에야 당신을 다시 만나.

당신은 가짜야, 문신을 보며 당신이 말해. 당신이야말로 진짜로 가짜야, 틀림없어.

이 일이 있고 나서 한 달도 안 돼서 우리는 이사를 왔고 우리의 장서를 합치게 되지.

이제 난 셔츠를 들어 올리고 당신의 환영 앞에 섰고, 그래서 당신의 깊고 검은 눈과 나의 골반 뼈가 같은 높이에 있었다.

당신이 간 이후로, 나는 말한다, 딱 한 명의 다른 사람과 잘 뻔했어. 내가 왜 그랬는지 모르겠지만 외로웠던 것 같아. 좀 미쳐가는 것 같기도 했고. 어쨌든, 그 사람, 그 여자가 내 셔츠를 열더니, 당신도 알잖아, 우리가 뭘 하려고 했던 건지, 내 문신을 보고 말했어. 타투이스트가 아름다운이라는 단어에 철자를 잘못 새겨준 걸 알고 있었냐고. 그러더니 친구라는 단어가 나오는 부분까지 아무렇지도 않게 읽어나가더라고, 거기에 대해선 아무런 언급도 없이 말이야. 그래서 난 셔츠 단추를 다시 잠그고 변명을 둘러대고 나왔어.

당신은 내 골반을 보다가 나를 올려다보았다. 나는 당신이 돌아온 후 처음으로 당신의 얼굴에서 뭔가 이해한 것 같은 느낌이 스쳐 지나가는 걸 보았다고 생각했다.

그게 두 가지라는 거구나, 당신이 말했다.

* * *

열두 달하고도 하루가 되니,

죽은 자가 말을 하기 시작한다.

"내 무덤가에 앉아 우는 자여,

나를 잠들지 못하게 하려 하오?"

"당신의 무덤가에 앉은 자, 나라오, 내 사랑아,

당신을 잠들지 못하게 하려 하오.

점토처럼 차가운 당신의 입술에 입맞춤을 갈망하니,

내가 애타게 찾는 건 그게 전부라오."

1. 반드시 기억해야 할 것
: 우리에게는 왜 시간이 있고 시간에는 왜 우리가 있을까

세상에서 가장 순식간에 끝나는 짧은 이야기는 무엇일까? 옛날 옛적 사람들은 그 답을 알까. 시간이 존재하지 않는 장소는 어떤 모습일까? 어쩌면 조지 매카이 브라운이 묘사한 "저 멀리 서쪽의" 영원한 젊음의 땅인 티르 나 노그와 조금은 닮아있을지 모른다. 그곳엔

> 아픔 또는 시들어감 또는 고통 또는 죽음이 없었다. 들판은 언제나 수확물이 풍성히 가득 차 황금빛을 이루었고, 과수원에는 사과가 언제나 가득했으며, 모든 돌에도 값어치가 있었다. 폭풍우는 사람들이 있는 집의 문이나 배를 강타하지 않았다. *티르 나 노그*의 사람들은 영원히 젊고 아름다웠으며, 턱수염이나 금발 소녀의 하늘하늘한 긴 머리카락이 세는 법도 없었다.

그랬을 리가 없다. 생명을 잃는 것과 같은 일이 일어났겠지만 그걸 알지 못했을 거다. 돌을 하나씩 하나씩 집어 올려보면 따분하게도 모두 똑같이 값어치가 있었을 거고, 잎이 나지 않는다고 꾸며내거나 수확에 실패하는 것을 상상해야만 했을 거다. 그러다 시간을 상상해내게 됐을 거다. 그리고 그러자마자 모든 것에 의미가 부여됐을 거고 첫 번째 회색 머리카락이 나타나게 됐을 것이

다. 그리고 그러고 나서야 비로소 우리는 그것에 관한 이야기를 하기 위해 죽음을 가장하게 됐을지도 모른다.

발터 벤야민은 스토리텔러의 권위는 바로 죽음에서 온다고 말한다. 조지프 콘래드는 1917년 소설《섀도우-라인》에서 시간의 결핍을 "매우 어린아이 같은 상태, 정확히 말해 어떤 순간도 경험하지 않은" 완전히 어린아이 같은 상태로 본다. 시간은 의미를 품고 있다. 시간은 말을 해준다. 결과, 서스펜스, 교훈, 죽음을 면할 수 없는 운명을 말해준다. 권투 선수는 종이 울리는 시간과 시간 사이에 경기에서 싸운다. 죄수는 징역을 산다. 마거릿 애트우드는 시간이란 단지 "하나가 가면 다른 하나가 오는 빌어먹을 것"에 불과하다고 말한다. 진부하고 설명적인 플롯처럼 들리는 말이다. 우리는 우리에게 할당된 시간이 끝나갈 때 이런 말들 중에 하나, 그러니까 내 말은 이런 진부한 설명 중에 하나로 끝나게 될 것이다. 특별한 의지를 가지고 다른 식으로 규정하지 않는 한 그렇게 된다는 말이다. 하나의 의지에서 다른 의지로, 셰익스피어로, 그리고 "탐식하는 시간", "시간의 연필", "무너뜨리고 상처를 입히는 시간의 손", "시간의 낫", "변덕스러운 시간의 잔"에 관한 셰익스피어의 생각들로 이어진다. "파멸은 나를 사유하게 하노니 / 시간이 다가와 나의 사랑을 빼앗아가리 Ruin hath taught me thus to ruminate / That Time will come and take my love away." 중간운, 두운, 유운, thus를 사용한 첫 번째 행의 의식적인 미사여구는 다음 줄에서 away라는 단어 전에 여덟 번이 나오는 일련의 단음절어의 일격에 의해 말 그대로 없던 것이 된다.* 시간은 우리를 원상태로 되돌린다. 때로 우리는 그렇게 되는 것을 원하지 않지만 때로는 원하기도 한다. 《십이야》에서 죽은 오빠로 변장한 비올라는 한없이 가중되기만 하다가 결국 희미해지는 복수와 음모를 끌어들이는 시간의 소용돌이 앞에서 "오 시간이여, 네가 이 엉킨 실타래를 풀어라, 나는 하지 못하는 일. 내가 풀기엔 매듭이 너무 단단하니"라고 말한다.

우리의 일상을 일종의 순서로, 어떤 의미로 해석해내는 게 시간일까? 순서는 어떤 것에 의미가 있다는 걸 의미할까? 순서는 으레 결과라는 단어로 귀결된다. 주제 사라마구는 회고록《작은 기억들》에서 자신의 할머니가 죽었던 열 살 시절을 떠올린다. 사라마구는 시계와 죽음의 연결성으로 인해 자신의 어린 시절 자아가 인식하게 된 이 순간을 특별히 기억한다.

> 어느 날 아침 어머니가 좋지 않은 소식을 전하기 위해 라구 두 레앙에 있는 학교에 모습을 드러냈다. 나를 데리러 온 거였다. 아마도 그건 당시 내가 거의 알지 못했던 일종의 사회적 관습에 따라 한 행동이었을 것이고, 그 관습이라는 건 분명 조부모가 사망하

* 원문의 첫 행 "Ruin hath taught me thus to ruminate"에서는 첫 소리를 맞추는 두운, 유사한 음을 사용하는 유운뿐 아니라 의식적으로 thus를 사용해 시행의 중간에 있는 단어와 끝에 있는 단어가 운을 이루게 하는 중간운을 사용했는데, 다음 행에서는 단음절을 연달아 사용함으로써 그런 운율감의 여운이 사라지게 했다.

면 손자 손녀를 지체 없이 집으로 데리고 와야 한다는 내용이었을 것이다. 내가 입구 홀의 문 위에 걸린 시계를 흘끗 올려다보았던 것, 그리고 마치 나중에 유용해질지 모르는 정보를 수집하기 위해 의식적으로 노력하는 사람처럼 그 시간을 적어두어야겠다고 생각했던 것을 기억한다. 돌이켜보면 열 살이 되고 몇 분 지났던 것 같다.

열 살이 되고 몇 분이 지났다고 80대가 된 사라마구는 적는다. 캐서린 맨스필드는 병들기 한참 전, 자신이 30대 중반을 넘겨서까지 살아 있지 못할 수도 있겠다는 어떤 현실적인 예감이 들기도 전에 한 편지에서 "짧은 낮 시간을 잘 사용하라"라고 말한다. "그림을 그려 안토니오 그림을 그려 안토니오 / 그림을 그려 시간을 낭비하지 말고disegnia e non perdere tempo"—〈성모 마리아와 아기 예수〉에 관한 어떤 연구에 따르면 미켈란젤로는 어린 견습생에게 이런 말을 적었다(다만 미켈란젤로가 너무 빨리 쓰는 바람에 그가 실제로 썼던 글자는 "disegnia e no prder tepo"였는데 이는 "그림 그려 시간 낭비 말고" 정도가 되겠다). 미켈란젤로의 시에서 가장 많이 되풀이되는 테마 중 하나는 예술이든 사랑이든 돈이든 중요하지 않다는 것이다. "태어난 것이라면 무엇이든 시간의 통로를 빠르게 통과해 죽음에 이르고, 태양은 그 무엇도 살아 있는 상태로 남기지 않는다. (…) 우리의 오랜 혈통은 태양에 비하면 한낱 그림자와 같을 뿐이다. (…) 한때 온전히 형성되어 양쪽에서 빛이 났던 우리의 두 눈은, 이젠 지독하게도 텅 빈 암흑이다. 그게 바로 시간이 하는 일이다."

미켈란젤로는 그와 같은 인식을 지녔던 맨스필드보다 거의 세 배나 오래 살았다. 마찬가지로 데이미언 허스트나 다른 모든 예술가들도 인식한다, 해골 위에 얼마나 귀중한 돌들이 박혀 있든 그건 결국 해골일 뿐이라고—그리고 1520년대 피렌체의 태양 아래에서든 21세기의 첫 10년 동안 런던아트갤러리에서 미학적으로 재현된 스칸디나비아의 일출 아래에서든 상관없이 우리는 이것을 기억해야 한다. 시간이 지날수록 본질이 적용된다는 것.

2. 나는 조각, 파편, 일부이다: 즉, 분열 상상[fragmentation imagination] (이걸 뭐라고 부를 수 있을까? 상분열[imfragmentation]? 분상상[imfragination]??? 중요함)

"하지만 이야기가 견뎌낼 수 있는 건 오직 재의 형태뿐이다, / 잿더미가 된 것들을 제외하고 그 어느 것도 지속될 수 없다"고 몬탈레는 말한다(그러니까 몬탈레를 영역한 에드윈 모건이 말한다). 우리에게 알려진 가장 오래된 이야기인 길가메시 서사시는—우리는 오직 그 일부만을 가지고 있어 여전히 고대의 점토판 조각을 발굴하며 재배열하고 있으며, 이는 우리에게 전해지지 않은 수많은 과거의 문학 작품이 있다는 부서진 표식이자 증거이다—한 남자의 친구가 "들어간 사람은 있어도 나온 사람은 없다는 집"인 '먼지의 집'에 들어갔을 때 일어난 일을 다룬다.

길가메시의 친구인 엔키두가 병에 걸리고 죽는다. "내가 어떻게 조용히 있을 수 있겠는가? 내가 어떻게 평온함을 유지할 수 있겠는가? / 내가 사랑했던 나의 친구가 진흙으로 돌아갔는데." 길가메시는 현존하는 가장 아름답고 시적인 엘레지로 친구의 죽음을 애도하고 나자마자 자신에게 친구와 같은 일이 일어나지 않도록 하기 위해 영원한 삶을 찾아 여행을 떠난다. 하지만 길가메시는 영원한 삶의 근원을 찾는 데 실패하고, 자신이 왕으로 있는 도시로 돌아와 죽은 친구를 추도하는 조각상을 세운다. 그는 죽음이라는 운명을 받아들인다. 그리고 자신의 독재적인 방식을 버리고 도덕성을 새롭게 정립한다. 그는 친구를 진흙으로 다시 만든다.

파라셀수스는 "소멸은 모든 탄생의 시작"이라고 하며 "산파는 매우 훌륭한 존재"라고 했다. 다음은 소멸에 관해 체스와프 미워시가 쓴 시 〈노 모어No More〉의 내용이다.

> 기름으로 더럽혀진 물이 핥고 지나간 묘지의 입구에서
> 내가 그들의 비참한 유골을 찾을 수 있다면
> 묘비 아래에서 홀로 빛을 기다리며 썩어가는 건
> 그들이 마지막으로 사용한 빗보다 더 오래가는 건 언어인데,
>
> 그렇다면 난 의심하지 않겠네. 망설임에서
> 무엇을 모을 수 있으리? 아무것도 없지, 기껏해야 아름다움밖에.

그래서 우리는 벚꽃으로 충분해한다네

그리고 국화로도 그리고 보름달로도.

미워시는 "우리가 충분해하는" 실제로 변하기 쉬운 대상과 이러한 대상들의 이미지를 찾는 시인의 행동뿐 아니라 "사용"될 언어를 찾아야 한다는 시인의 필수적인 사명을 상기시킨다. 예술은 우리가 일상 속에서 아주 잠깐 동안도 생각하지 않고 일상적으로 사용하는 대상보다 더 오래 지속되며 그러한 대상들은 우리보다 오래 살아남거나 우리로부터 살아남은 모든 것일지 모른다. 그렇게 언어는 우리의 덧없는 순간을 단순히 기록할 뿐 아니라 모순, 무상함을 넘어 근원적인 무상함으로 존재하게 된다.

에드윈 모건도 후기 시 〈샌들The Sandal〉에서 비슷한 이야기를 하고 있지만 이번엔 시인을 *위해* 이야기한다. 그리고 예술 그 자체가 정말 무엇이라도 되는 것이라면 이는 부서진 무언가이고, 무언가를 다시 만들거나 형상화하거나 창의적으로 개입하는 행동이 바로 차이를 만든다고 폭로한다.

단편斷片에 불과한 이 그림은 무엇일까?

이것은 리넨일까—파피루스일까—누가 알까?

모든 얼룩, 해진 마감, 늘어난 조각, 하지만

그녀는 사람이다, 심지어 아름다운 사람, 그건

정돈된 머리 모양과 맵시 있는 스누드, 그러니까 고불대는 검은 머리칼이 빠져나가려 애쓰는 머리 장식에서 알 수 있다.
그녀는 아주아주 연한 보라색 튜닉을 입고 있는데
어떤 부분은 투명하고, 어떤 부분은 반투명하고,
어떤 부분은 존재하지 않는다. 한쪽 어깨에서 흘러내린
튜닉의 한쪽 어깨는 없다. 다른 쪽 팔은
알듯 말듯 한 모양으로 사라졌다. 반짝 빛나는
샌들. 나머지 모든 건 짐작에 불과하다.
그녀의 이름은 한두 글자: 사, 사프—
오 그녀는 온통 단편으로만 존재한다. 그럼에도 분명 존재한다!

매슈 레이놀즈는 《시의 번역The Poetry of Translation》에서 사포*와 그녀의 사랑 시에서 우리가 가진 전부인 단편斷片들에 대해, "단편이 상징하는 갈망은 그 단편들이 온전해지기를 바라는 독자의 갈망 때문에 배가됐다"고 말한다. 우리가 갖고 있는 것과 갖지 못한 것의 조합으로부터 무언가를 만들어내는 행위가 사람을 만들고, 예술을 만들고, 이러한 변화를 가능하게 만든다. 이는 마치 릴케의 시 〈고대 아폴로의 토르소〉에서 일종의 보이지 않는 것과 연합해 창조적인 행위에 참여하는 눈과 같다.

* 고대 그리스의 여성 시인으로 서정시의 원조로 꼽힘.

우리는 여물어가는 열매와 같은 눈이 있던
그의 전설적인 머리를 알지 못한다. 하지만 그의 토르소는
여전히 등잔처럼 빛나는 내면의 밝은 빛으로 가득하다,
그 안에서 이제 조금 흐려진 그의 시선은

최선을 다해 빛나고 있다. 그게 아니라면
가슴의 굴곡이 그토록 당신을 현혹하지 못할 것이다, 그리고
가만한 엉덩이와 허벅지를 지나 생식이 일어나는
어두운 중심으로 미소가 흘러가지 못할 것이다.

그게 아니라면 이 돌덩이는 양쪽 어깨 아래로
투명하게 흘러내리며 망가진 것처럼 보였을 것이고
짐승의 모피처럼 반짝반짝 빛나지도 않았을 것이다.

그 모든 가장자리에서 별처럼 빛이 터져 나오는 일도
없었을 것이다. 여기에서 그대를 보지 못하는
부분은 존재하지 않으니. 그대는 그대의 삶을 바꿔야만 한다.

상상의 눈이 하는 첫 번째 역할은 실제로 존재하지 않는 무언가를 제공하여 조각상에 그저 그런 머리가 아니라 전설적인 머리가 자리 잡게 하는 것이고, ("여물어가는 열매와 같은") 잃어버린 두 눈이 모두 보이게 하는 동시에 절대 볼 수 없게 만드는 것이다("알

지 못한다"). 아폴로에게 "그의 전설적인 머리"가 없었다는 사실은 남아 있는 토르소의 모든 부분에 새롭게 흐려진 "시선"을 명시적으로 제공하고, 엉덩이와 허벅지에 미소를 보내고, 손상을 치유한다. 문자 그대로 대면하는 순간, 관찰자와 관찰 대상의 지위가 마법처럼 전환되는데 이는 시에 나오는 "그대"가 예술이라기보다는 눈으로 볼 수 있는 존재일 뿐 아니라 온전히 보이는 무언가가 되기 때문에 전적으로 "그대를 보지 못하는 부분은 존재하지 않게" 되는 것이다. 이것은 보이는 것(보는 행위를 통한 만남), 즉 예술과 인간이 만나는 순간에 발생하는 교환이며, 변화를 향한 순수한 집요함을 낳는다. 그래서 "그대는 그대의 삶을 바꾸어야만 한다"로 귀결되는 것이다.

잃어버린 머리가 신성神性이라면 상관없겠지만, 비스와바 쉼보르스카의 시 〈그리스 조각상〉에서의 관찰자는 훨씬 더 잔인하다. 화자는 시간에 굴복해 모든 부분, 팔, 다리, 생식기, 머리가 잘려나간 조각상은 완전히 운이 좋은데 애초에 살아 있었던 적이 없기 때문이라고, 즉 "살아 있는 누군가가 그런 방식으로 죽으면 / 충격 부위마다 피가 흐른다"라고 말한다. 하지만 쉼보르스카에게는 여전히 남아 있는 부분이 "모든 우아함과 중대함 / 잃어버린 것에 대한" 발견이라는 역할을 수행한다.

시간은 오래된 노래이다. (내 왜건엔 바퀴 세 개 / 여전히 굴러가고 있다네 / 체로키가 / 나를 따라오네 / 화살이 날아다녀 / 바로 옆에서 / 하지만 난 행복의 노래를 부른다네 […] 그리고: 내 왜건엔 바퀴 두 개 / 하지만 여전히 굴러가고 있다네 [...] 그리고: 내 왜건엔 바퀴 한 개 [...] 그리고: 내 왜건엔 바퀴가 없네) 모든 노래는 시간을 수반한다. 음악은 시간에 의존하기 때문이다. 시간은 때로는 행복한 시계, 때로는 행복하지 못한 시계에 기댄 노래이다. 15세기 초반 차일드 발라드의 하나인 〈조용하지 않은 무덤The Unquiet Grave〉도 마찬가지인데, 여기서 사랑하는 사람을 잃은 연인이 무덤에서 "열두 달하고도 하루 동안" 슬퍼하지만 영혼에게서 어서 가라고, 죽은 이를 괴롭히는 것을 그만두라고, 너무 늦기 전에 정신을 차리라는 말을 들을 뿐이다. "당신은 점토처럼 차가운 나의 입술에 한 번의 입맞춤을 갈망하지만 / 내 숨결에서는 짙은 흙내만 가득하니 / 당신이 나의 점토처럼 차가운 입술에 한 번의 입맞춤을 한다면, / 당신의 시간도 그리 길지 않을 것이오."

3. 그들이 나에게 요청한다면 내가 책을 쓸 수 있을 텐데

E.M. 포스터는 《소설의 이해》에서 "소설에는 언제나 시계가 있다"고 말한다. 포스터는 시간(그리고 시간과 이야기가 서로 엮인 결합)을 "끝없는 촌충"이라고 칭했다. 그는 소설가라면 시간의 "실"을 반드시 파악해야 한다고 생각했다. 여기에서 실은 더 많은 촌충을 떠올리게 하는 훌륭한 표현인 *동시에* 온 힘을 다해 인생 이야기를 모두 직조해냈을 때 가위로 끊어낼 준비가 된 세 운명을 떠

올리게 한다.* 오늘날의 실thread에는 전적으로 새로운 가상의 의미가 있으며,** 이는 순간적으로 드러나고 어쩌면 시대에 정말 뒤떨어졌을지 모르는 기록된 정보의 열이 되었다. 그리고 포스터의 촌충을 생각할 때면 나는 니콜라 바커의 단편 〈공생: 촌충강Symbiosis: Class Cestoda〉을 떠올리지 않을 수 없다. 이 작품에서 한 소녀는 남자친구 숀을 레스토랑으로 불러내 자신이 몸 안의 촌충과 사랑에 빠졌으니 그를 떠나 촌충과 함께 정착하겠다고 말한다.

단편소설과 장편소설의 형식상의 차이는 길이가 아니라 시간과 관련이 있어야 한다. 단편소설은 언제나 간결함이 생명일 것이다. "짧은 인생이여! 짧은 인생이여!"(맨스필드의 단편소설 〈앳 더 베이At the Bay〉에서 등장인물 중 하나가 이렇게 외칠 수밖에 없었듯이 말이다). 이런 이유로 단편소설에서는 시간이라는 개념과 함께 원하는 것이라면 무엇이든 할 수 있다. 시간의 순서나 관습적인 플롯이 어디에 있든지 관계없이 공간적으로 이동하고 진행될 수 있다. 단편소설은 융통성 있는 형식이고, 원하는 경우 이미지즘을 따르고 시간 순서에 맞지 않을 수 있으며 그 형식을 여전히 유지하고 있을 수도 있다. 그 안에서 시간은 순간의 중요성을 강조한다. 동시에 시대를 초월한 것 *그리고* 순간적인 것 모두에 대해 온전히 순간적인 속성을 다루고 절충하지 않는다.

* 그리스·로마 신화에 따르면 운명의 세 여신은 인간 삶을 관장하는 실을 다룬다.

** 스레드는 인터넷에서 게시물이나 댓글이 연속되어 있는 양상을 가리킨다.

이야기는 부분적일 수 있고, 무언가의 부분이면서도 여전히 그 자체를 담고 있어 그 전체일 수 있다. 반면에 장편소설은 어쩔 수 없이 사회와 사회의 계층, 사회적 세계에 관심을 가질 수밖에 없다. 사회는 언제나 시간과 밀접한 관계에 있고 시간에 의존하고 있으며 시간의 덫에 의해 만들어지고 그 모습을 드러내게 된다. 그래서 장편소설은 선형적일 수밖에 없다. B.S. 존슨*의 작품을 재구성해도 마찬가지이다—선형성을 부정하는 것처럼 보이거나 부정하려고 노력할 때도 마찬가지이다. 장편소설의 형식을 다르게 인식하고 있던 울프조차도 시간을 개조하는 데 성공한 몇 안 되는 사람 중 하나인데(흥미롭게도 초창기에 그녀의 친구이자 라이벌인 단편소설 작가 맨스필드로부터 비판적인 시각과 충고라는 상당한 도움을 받아 가능했던 일이다) 그녀 역시 연대순에 의지했다. 시간 안에서 이루어지는 댈러웨이 부인의 방황은 하루라는 가로세로 행렬 안에서 이루어진다. 《파도》에서 시간의 흐름과 변화 또한 아홉 개의 장으로 구성된 탄생, 죽음 그리고 탄생 사이에서 근본적으로 필연적일 수밖에 없는 연대순으로 이루어진다.

책 자체는 시간을 차지하며, 대부분의 우리가 책에 할애하는 데 익숙해진 시간보다 더 많은 시간을 차지한다. 책은 시간을 요구한

* 영국 소설가. 소설 중간에 영화 대본 형식의 페이지를 삽입하거나 책에 바인딩을 하지 않아 독자가 원하는 방식으로 책을 조립하게 하는 등 실험적 방식을 사용하는 것으로 유명하다.

다. 때로는 우리가 책에 시간을 할애할 준비가 되어 있지 않거나 할애하는 방법을 미처 알지 못하는 것보다 더 많은 시간을 차지하고 요구한다. 시간은 문화의 속도나 독자가 갖고 있는 시대정신의 완만함과는 별개로 자체의 속도로 움직인다. 게다가 책은 우리의 손으로 만질 수 있는 형태로 된 시간의 조각이다. 우리는 책을 읽기 위해 소요되는 시간 동안 책을 쥐고 있으며 책을 따라 움직이고 책을 통해 우리가 얼마나 먼 곳까지 도달했는지, 시작과 끝 사이에 페이지와 경계의 상관관계(또는 디지털 리더기를 사용하고 있다면 퍼센티지)가 무엇인지에 따라 경과하는 시간을 평가한다. 또한, 책은 우리와 함께 여행하고, 과거에서 미래로 동행하며, 항상 현재시제로 함께한다. 일단 책을 펼치면, 수많은 단어가 음악에서 들리는 수많은 음표가 하는 일을 대신하여 지금 순간에 관해 이전에 벌어졌던 일, 현재 진행되고 있는 일을 단어에서 단어로 줄곧 기록하며 이는 어구, 문장, 문단, 장, 부가 된다.

동시대 문화에서 우리는 책을 놀랍도록 가볍게 대한다. 우리는 어떤 음악을 한 번 듣고 이해했다고 생각하는 법이 없지만 책은 단 한 번 읽고 나서 다 읽었다고 믿는 경향이 있다. 책과 음악은 들은 음표와 읽은 단어의 현재시제 상관관계보다 울림의 측면에서 더욱 유사하다. 책은 깨닫는 데 시간이 걸린다. 책이 어떤 내용으로 이루어져 있는지 이해하는 데 시간이 걸린다. 구조적인 측면, 주제가 말하는 울림, 생각의 반추 측면에서 그렇고, 읽고 있는 책 이전에 나온 다른 책과의 상관관계에서도 마찬가지이다. 책은 작가에 의해 만들어진다기보다는 책에 의해 만들어지기 때문이다. 책은 그 책 이전에 나온 모든 책의 결과물이다. 훌륭한 책은 유연하다. 훌륭한 책은 우리의 삶이 변화할 때 우리와 함께 변화하고, 삶의 다른 시기에 변해버린 우리가 다시 읽으면 책 자체가 새롭게 바뀌기도 한다. 누구도 같은 이야기 속으로 두 번 빠져들 수는 없다. 아니 어쩌면 같은 사람에게 두 번 빠져들 수 없는 건 이야기, 책, 예술일지도 모른다. 어쩌면 이런 것들이 우리의 가변성을 용인하고, 언제나 우리를 위해 준비되어 있는 건지도 모른다. 어쩌면 시간을 따지지 않는 이런 융통성이 예술이 되는 건지도 모른다. 진정한 예술(실제로 분명히 존재하지만 더 짧은 시간 동안만 존재하는 더 순간적인 예술에 반대되는 개념)은 다양한 연령대 모두의 관심을 끌게 될 것이기 때문이다. 다가올 세대와 지나가는 세대 모두를 용인하는 유연성과 관대함으로 우리 이전에 존재했던 사람들의 관심을 끌었고 우리 이후에 존재할 사람들의 관심을 끌게 될 것처럼 말이다. 우리는 모두 왔다가 가게 될 것이고, 그런 순서를 따르게 될 것이기 때문이다.

4. 이 섹션을 위한 노래 제목 아직 찾지 못함 / 선형성에 관한 무언가— 아마도 '시간 이후의 시간' 또는 '누구나 언젠가는 배워야 한다'(코기스의 노래에서 따옴—가사 확인할 것)

"소설가가 자신의 소설 구조 내부에서 시간을 부인하는 건 절대 불가능하다"라고 포스터는 짜증스럽게 말한다. 그리고 심지어 더욱 짜증나는 건, 사라마구가 일찍이 자신의 1986년 소설《돌뗏목》에서 지적했듯, 무언가에 대해 쓴다는 것의 주된 문제는 그게 필연적으로 항상 선형적이라는 것, 그러니까 한 단어 다음에 다른 단어가 오게 된다는 것이다.

> 글을 쓰는 것은 극도로 어렵다. 거기에는 막대한 책임이 있다. 사건을 시간의 흐름에 따라 기술하는 것과 관련된 진 빠지는 작업에 대해 생각해보기만 해도 알 수 있다. 우선은 이것, 그다음에 저것을 기술하거나, 더 바람직한 효과를 더 쉽게 달성할 수 있다고 생각되는 경우 오늘의 사건을 어제의 에피소드 앞에 배치한다. 아니면 모험적이랄 수도 있는 곡예를 부려 과거를 마치 새로운 일처럼 다루고 현재를 현재 지점이나 종결 지점도 없이 연속되는 과정으로 다루기도 한다. 그러나 작가가 아무리 노력해도 결코 달성할 수 없는 단 하나의 위업이 있다. 그건 바로 동시에 일어난 두 개의 사건을 동일한 시제를 사용해 글 안에 넣는 것이다. 어떤 사람들은 페이지를 두 개의 열로 나누고 나란히 배치해 이러한 어려움을 해결할 수 있다고 믿는다. 하지만 순진한 전략이다. 왜냐면 하나를 먼저 쓰고 그다음에 다른 하나를 쓰면서 독자가 하나를 먼저 읽은 다음에 다음 것을 읽게 되거나 그 반대의 경우가 될 것이라는 점을 결코 잊을 수 없을 것이기 때문이다. 이

> 런 상황에서의 승자는 오페라 가수이다. 오페라 가수에게는 각자 노래할 파트가 주어지고, 셋, 넷, 다섯, 여섯 명으로 이루어진 테너, 베이스, 소프라노, 바리톤 사이에서 이들은 모두 다른 가사를 노래하기 때문이다. 예를 들어 냉소적인 사람은 조롱을 하고, 천진난만한 소녀는 애원을 하고, 친절한 연인은 그녀를 도우러 느리게 간다. 오페라를 보러 가는 사람들이 관심을 갖는 것은 음악이지만, 독자는 그런 식이 아니다. 독자는 모든 것이 설명되기를, 음절 하나하나, 차례차례 설명되기를 바란다.

여기서 사라마구의 서술자는 깊은 좌절 상태에 빠져 있다. 이 소설에서, 그리고 이 소설의 모든 것과 밀접한 관계가 있는 부분에서 사라마구는 벌어지고 있는 일에 대해 동시성을 가지고 묘사하고 싶어 하기 때문이다. 우연히 일어나는 세 가지 사건은 모두 구조에 드러나는 균열, 그러니까 유럽의 일부인 이베리아 반도가 유럽 대륙에서 떨어져 나가 제멋대로 떠내려가는 일에 영향을 미치는 것 같다. 사라마구는 공동체적으로, 누군가는 조화라고 부를 법한 통합의 방식으로 끔찍한 고립에 대한 은유를 묘사하고 싶어 한다. 남자들과 여자들이 고립된 장소에 있는지의 여부에 관한 이 소설의 진행을 통해 사라마구는 시대의 끔찍한 정치적, 역사적, 환경적 영향을 면밀히 살펴보고(사라마구는 자신이 쓴 거의 모든 소설에서 이런 작업을 한다) 인간 사이의 변화, 그리고 인간 사이에서뿐 아니라 인간과 다른 종 사이의 변화에 직면해 끝내 진정으로 견뎌낸 것처럼 보이는 것들을 들여다본다.

후안 파블로 빌라로보스의 2010년 소설《다운 더 래빗 홀》은 톡틀리(래빗)라는 일곱 살짜리 화자에 의해 서술된다. 톡틀리는 멕시코의 마약 조직에서 총기에 둘러싸여 성장한다. 거기에는 증거를 먹어치우게 하기 위해 키우고 있는 거대한 고양이가 있는데 톡틀리의 아버지에게 총을 맞은 사람들은 그 고양이에게 말 그대로 내던져진다.

> 책에는 현재에 관한 그 무엇도 들어있지 않다. 오직 과거와 미래뿐이다. 이것이 책의 가장 큰 결함이다. 독자가 읽고 있는 바로 그 순간 무슨 일이 벌어지고 있는지 말해줄 수 있는 책을 누군가가 발명해야 한다. 미래를 예측하는 미래적인 책보다 그런 종류의 책을 쓰는 것이 분명 더 어려울 것이다. 이런 이유로 그런 게 존재하지 않는 것이다. 그리고 이런 이유로 내가 움직여 현실을 연구해야만 하는 것이다.

아이가 성인의 나이가 되고 직접적인 경험을 통해 잔인함과 용감함의 의미를 배워가는 소설에서, 이는 문학과 시간이 만나는 지점과 관련된 도덕적 충동을 암시한다.

로마 공화정 시대의 역사가 살루스티우스가 스토리텔링과 신화에 관한 그의 작품《신과 세상에 관하여》에서 허구가 시간을 만날 때 일어나는 역설을 요약해 "이러한 일들은 결코 일어나지 않았지만, 항상 존재한다"고 쓸 수 있었다면, 몇 세기가 흐른 뒤 J.G. 밸러드가 시사한 것은 시간과 예술적 허구성 사이의 관계는 스스로 껍질을 벗기고 속을 완전히 드러냈다는 것이다. 자신의 1973년 소설《크래시》에 대해 1990년대에 쓴 서문에서 밸러드는 거꾸로 뒤집힌 세상을 묘사하며 이제는 *이러한 일들이 일어나지만, 결코 존재하지 않는다*의 경우에 더 가깝다고 말한다. 밸러드는 지금 우리는 "어마어마한 소설 내부에서 살고 있다"고 하며 "대량 상품화, 광고, 광고의 한 형태로 행해지는 정치, 경험과 관련된 독창적인 반응이 모두 텔레비전 화면에 의해 선점되는 것처럼 모든 종류의 허구가 지배하는 세상"이라고 적었다. 이제 우리에게는 "현실을 창조해낼" 소설가가 필요하다. 밸러드의 소설이 폭탄처럼 째깍째깍 소리를 내며 재촉하고 있다.

하지만 사람이 변하거나 나이를 먹지 않도록 변화와 시간의 흐름에도 엄중히 보관되어온 초상화이건, 기억을 지워주는 달콤한 미니 케이크이건, 뒤로 날아가 역사를 무효화하는 화살이건, 시간 여행을 할 수 있는 기계이건, 구두쇠를 관대하게 만드는 과거나 현재나 미래에서 온 유령이건, 미래에서 온 시녀이건, 과거에서 온 크롬웰이건, 아무튼 어느 쪽이든 소설은 언제나 지금에 관한 것이며, 그 지금은 글로 적히고 있는 지금과 읽히고 있는 지금 둘 다를 의미한다.《소설의 이해》에서 포스터가 거트루드 스타인이 어떻게 "그녀의 시계를 박살내고 가루로 만들어 오시리스의 사지처럼 온 세상에 그 조각들을 뿌려버렸는지, 그리고 이런 행동이

품위 없음에서가 아니라 소설을 시간의 횡포에서 해방하고자 했던 숭고한 동기에서 비롯되었는지"에 관해 적을 때, 독자는 포스터의 관습적이지만 매력적인 망설임 이상의 흥미를 느낄 수 있을 것이다. 하지만 이는 영원하지 않다. 포스터는 그런 종류의 폭력이나 원시적인 의식에 비해 너무 고상하다. 그리고 그런 모더니즘 의식은 주류의 눈에 여전히 놀랍도록 실험적인 것으로 보이지만, 100년이 지난 지금 우리에겐 이미 흔한 일이다. 그러니 어떤 것의 이후에는 그 이후가 있고 또 그 이후가 있고 또 그 이후가 있다. 우리는 처음으로 시간이 굴곡지고, 구부러지고, 미끄러지고, 플래시백·플래시포워드 되면서도 여전히 계속해서 굴러가고 있는 세기의 끝을 완전히 지났다. 우리는 이제 모든 것을 안다. 우리의 생각은 트윗의 속도로 여행하고 한 문단으로는 140글자를 추구한다. 우리는 역사 이후이다. 우리는 포스트 미스터리이다.

5. 미스터 포스트맨, 한번 좀 봐주세요*
: 이후post의 것들에 대한 기억

20세기는 지나간 일들에 대한 기억과 단단히 결합되어 있었다.

* 마블레츠의 노래 〈플리즈 미스터 포스트맨〉의 가사 "Please Mr. Post Man, Look and See(우편배달부 아저씨, 한번 좀 봐주세요)"에서 인용한 표현.

프루스트는 첫 번째 텍스트에서 기억의 행위를 감각적인 시간 여행의 예술로 만들었는데 이것은 1913년 《잃어버린 시간을 찾아서》가 되었고, 조이스는 얼마 지나지 않아 일상에서 평범히 지나가는 하루를 영원한 서사로 만든 《율리시스》의 첫 번째 챕터를 연재했다.

그러다 그 한가운데에서 20세기는 1930년대 나치의 반유대주의법에 의해 드레스덴대학에서의 커리어가 중단된 유대계 학자이자 일기작가 빅토르 클렘퍼러와 같은 사람의 시각을 중심으로 회전한다. 클렘퍼러는 매우 불안정한 상태로 전쟁의 시기를 견뎌냈고, 가까스로 살아남아 히틀러 정권이 패배한 지 오래 지나지 않은 1945년 11월 8일에 라디오에서 흘러나오는 이야기를 들으며 앉아 일기에 다음과 같이 적었다.

> 라디오 베로뮌스터: 레다르(그 마법의 단어는 이런 식으로 들렸다), 그러니까 영국의 광선 발명품으로 인해 그들은 유보트를 볼 수 있게 되었고, 무선으로 비행기를 안내하여 해상과 공중에서 승리를 거둘 수 있었다. 대화에 삽입된 히틀러의 연설 일부는 내가 *프라이하이츠캄프* 사무실 밖에 서서 들었던 바로 그 부분이었다. 그리고 만약 전쟁이 3년 동안 지속된다면—그래도 여전히 우리는 댈 구실이 있을 것이다!—그리고 4년 동안 지속된다면. (…) 그리고 5년이라면, 그리고 6년. (…) 우리는 굴복하지 않을 것이다! 그건 그의 목소리였다! 그의 목소리, 격렬하게 떨리는 선동적 외

> 침이었다. 나는 다시 한 번 분명히 인지했다. (…) 그리고 박수갈채와 나치의 노래도 함께 들렸다. 마음을 동요하게 하는 현재의 과거. (…) [생각해보면] 이것은 과거이고 그 존재 자체는 현재로 복원될 수 있다, 언제든 그리고 모든 순간에!

그런 재현이 가능하다는 것을 믿을 수 없다는 듯, 클렘퍼러는 여기서 그의 목소리를 흉내 내며 "그건 그의 목소리였다! 그의 목소리"라고 반복했다. 하지만 이 특정한 재현에서 무자비하게 파괴적인 모습을 드러내는 건 바로 "마음을 동요하게 하는 현재의 과거"라는 문구이다. 오래된 이야기는 저절로 재현되지만, 항상 새로운 결말로 향하고 항상 비전의 갱신이라는 결말로 향한다. 불행히도 클렘퍼러가 알지 못하는 것은 60년이 지난 새로운 세기에도 여전히 우리의 모든 TV 화면에서 이러한 과거가 끝없이 감각을 마비시키는 영상으로 반복 재생되고 있다는 것이다. 클렘퍼러가 라디오 스피커 옆에 앉아 이야기했듯 정점에 있는 기술은 판도라의 상자이다. 기술은 보이지 않는 것을 보이게 하고, 기적적인 일을 해내며, 욕지기나는 전쟁에서 승리하게 하거나 그것을 멈추게 할 수 있으며, 동일한 장소에서 발생한 첫 번째 파괴 행위가 일어난 다음 그런 행위가 평범한(한나 아렌트가 나치의 사악함을 설명하기 위해 사용했던 단어) 것이 될 때까지 역사를 반복하도록 무감각해지게 한다.

모든 지식과 마찬가지로 이러한 깨달음은 그 짝으로 망각을 동반하며, 이러한 망각이 취하는 가장 최근의 형태는 재키 케이의 다음 시에서 확인할 수 있다. 시의 주제는 한 시인이 자신의 오래된 시를 온라인 검색을 통해 찾고 있는데 이것이 우연히도 시기적으로 매우 중요한 순간, 그러니까 한 세기가 다른 세기로 변하는 시기였다는 것이다. 시의 제목은 〈http://www.google.co.uk/〉이다.

1999년이라는 해에 관한 나의 시를 잘라내 붙여넣기를 했다고 생각했는데 붙여넣기를 눌렀을 때 표시된 건 오직 http://www.google.co.uk/였다
그래서 나는 위키피디아에서 말러 심포니 7번을 찾아봐야겠다고 생각했지만 내가 접속했을 때 위키피디아는 24시간 동안 중단된 상태였고 그들은 재잘재잘 나의 이해를 구했다

그리고 내가 구글을 치자 메시지가 표시되길 구글은 귀하의 기본 브라우저가 아니라고 떴고
난 어쩐지 이 말에 걱정이 됐다 이해할 수는 없었지만 내 시도 사라졌다 그건 나의 할머니에 관한 시였다
할머니는 파이프에서 산 채로 갱도에 두 번이나 묻혔다가
공기가 있는 곳으로 다시 올라와 살아남은 광부의 아내였다.
걱정스러운 일이다 누군가 시를 붙여넣기해서 친구에게 보낼 때
시가 http://www.google.co.uk/로 변해버린다면

시를 가져오기하거나 첨부할 수 없다면
시에 대한, 그 기억에 대한 애착만으로 충분할까
이제 시는 없어졌다, 사이버 공간으로 사라져버렸다.

사이버 공간에는 내 할머니의 얼굴과 같은 얼굴이 없다.
여기 쓰는 모든 행은 진짜이고 내가 이걸 쓰고 있었는데
심지어 이것도 몇 초면 사라지고 대시보드에는
시계, 계산기, 사파리 아이콘 따위만 표시됐다.
시계는 내게 암스테르담 시간으로 3시 정각이라고 말했다.

잃어버린 시에 관한 케이의 시는 표면과 깊이에 관한 시이다. 이 시는 사라지는 진실, 과거에 대한 애착의 상실, 예술의 과정에 대한 애착의 상실에 관해 묻는다. 그 대신 연결이 차단되거나 방향을 바꾸어버린 것들을 눈으로 확인하게 한다. 이 사례의 경우 무언가가 (그리고 우리가?) 그렇게 쉽게 사라져버릴 수 있는 것이라면, 생존과 계층의 역사가 우리의 눈앞에서 그렇게 간단히 사라질 수 있는 것이라면, 애착이라는 것이 실제로 무엇을 의미하는지를 묻는다. 마지막 연은 운전자가 없는 자동차이자, 현재가 불안정한 장소, 신뢰할 수 없는 무언가이다. 한 순간 불안정하게 존재했다가 그다음 사라져버리는 "진짜" 행은 인간의 얼굴을 묘사하는 상실의 행과 맥을 같이하며, 시계의 계기판뿐 아니라 나와는 무관한 시간을 말해주는 시계와 주고받는 관계에 있다.

* * *

"저 멀리 녹색 정원,
사랑하는 사람아, 거긴 우리가 걷곤 했던 곳이지,
이전에 봤던 가장 멋진 꽃은
줄기까지 시들었지.
바짝 마른 줄기처럼, 내 사랑아,
그렇게 우리의 심장도 쇠하겠지,
그러니 스스로 만족해야 해, 내 사랑아,
신이 당신을 불러낼 때까지."

나는 상실감에 젖어 있었다. 그래서 서재로 가서 가만히 서 있었는데, 이건 내가 가장 마음이 좋지 않을 때 할 수 있는 유일한 행동이었다. 책상에는 당신이 대학교에서 하기로 예정되어 있던 이야기 자료가 쌓여 있었다. 가장 위에 있는 건 시간에 관한 자료였다. 나는 (햇빛을 받아 끝이 살짝 말리고 건조해진, 색도 약간 바랜) 첫 번째 페이지를 집어 들고 대충 훑어보았고 손도 대지 않은 채 거의 그대로 남아 있는 그 아래 페이지에서 발터 벤야민의 이름을 발견했을 때 웃음이 났다. 왜냐면 어렸을 때 남쪽으로 향하는 차 뒷좌석에서 포스 로드 브리지를 처음으로 발견하는 사람에게 10점이라고 소리치곤 했던 오빠가 생각나서, 아버지가 내게 운전을 가르쳐줄 때 길을 건너는 여자를 치면 10점이라고 했던 일, 그리고 당신이 그 수많은 따분한 회의에 내가 동행하게 하면서 누군가가 발터 벤야민이라는 단어를 말하는 걸 먼저 듣는 사람에게 10점을 준다고 했던 말이 생각나서였다.

나는 나무로 먹고사는 직업을 가졌다. 나는 나무가 지난여름 동안 스스로 어떻게 준비해 겨울을 나는지, 나무가 결실의 계절을 위해 겨울에 어떻게 준비하는지 알고 있었다. 매년 철저히 죽음을 맞고 처음부터 다시 시작해 표면을 다시 깨고 나와야만 하는 꽃과 달리, 나무는 자신이 그만두었던 상태에서 계속 진행해나갈 수 있다. 나는 작은 버드나무나방, 유리날개나방, 꿀벌레나방, 버프팁나방, 꿀벌레큰나방을 알고 그들이 어떤 종류의 버드나무를 좋아하는지도 정확히 안다.

죽음에서 돌아온 사람을 처음으로 본 사람에게 10점을. 차가 스며들어 생긴 바닥널의 얼룩에 대해서는 설명이 가능했다. 그건 분명 내가 그런 것이었다. 하지만 나의 상상력에 기뻐해야 했다. 당신이 매우 당신 같았으니까 말이다. 상상에 냄새가 더해지면 좋을 것이라는 상상을 해본 적은 없었지만, 당신은 가공의 무언가 또는 누군가라기에 냄새가 꽤 짙었다. 어쨌든 당신이 돌아왔고, 잘 시간이 되었다.

하지만 내가 침대로 가 잠든다면, 내가 깨어났을 때도 당신이 여전히 여기에 있을까?

어디에 있었는지 말해줘, 일찍이 난 당신에게 물었었다. 거긴 어땠어? 그저 "*있었는지*가 무슨 말이야?"라는 말만 하지 말고, 말해봐. 당신은 온갖 단어를 다 알았었잖아. 누구보다 많은 단어를 알았잖아. 말해줘.

당신의 까만 눈이 까만 숯 조각, 동물의 눈동자처럼 희미하게 빛났다. 당신은 팔을 들어 책장 옆의 벽을 쳤다.

넷, 당신이 말했다.

벽을 말하는 거야? 내가 말했다. 벽이 네 개라고 말하는 거야? 감옥처럼?

당신은 고개를 저었다. 나는 당신이 하는 생각을 거의 들을 수 있었다. 그건 마치 부러진 나무에서 나는 소리 같았다. 번개를 맞아 쪼개진 부분을 나무가 달고 있기엔 너무 무거워 부러뜨려 떨어뜨리는 소리. 당신은 안간힘을 써서 말하며 하나의 벽을 우선 가리키더니 그다음엔 다른 벽을 가리켰다.

어둠. 어둠. 어둠. 하지만 하난 빛.

어두운 벽 세 개랑 빛나는 벽 하나? 내가 말했다.

당신은 손으로 커피 테이블을 가볍게 두드렸다.

이게 뭐라고? 당신이 말했다.

테이블이야, 내가 말했다.

그래, 테이블, 그리고 사람, 음식, 여자, 머리카락, 이건 뭐지? 빛나는 밝은 머리카락.

거기에 여자가 있었어? 내가 말했다. 머리카락 색이 밝은? 무슨 여자? 누군데? 아는 사람이야?

그리고 남자, 여자 옆에, 당신이 말했다.

오, 그래, 내가 말했다. 남자가 여자와 *함께* 있어? 아니면 그 여자가 당신과 무슨 관련이 있는 거야?

—남자는 갖고 있어, 나무야, 그리고, 그게 뭐라고? 줄? 손. 한 남자, 그리고 줄이 있는 나무, 남자의 손 안에, 너도 알잖아. 에포모니.

남자가 뭐라고? 내가 말했다.

에포모니, 당신이 말했다. 에포모니.

오, 환상적인 상상이었다. 나의 상상은 당신이 있었던 어떤 장소를 만들어낸 것만이 아니다, 내가 그 의미를 알지 못하는 단어까지 만들어냈다—그건 당신과 함께 산다는 것과 완전히 똑같았다. 사실 난 사전에서 그 단어를 찾아보았지만 그런 단어는 찾을 수 없었다. 그러니 이 상상은 내가 인정했던 것보다 훨씬 놀라웠다. 말하자면 나는 지금 침대에 누워 모든 옷을 여전히 입은 채인 당신을 옆에 두고, 왼쪽 허벅지 아래쪽 면을 따라 진짜 모래와 먼지가 있는 것 같은 느낌을 실제로 느꼈다.

머그를 주머니 밖으로 꺼내줄 수 있어? 내가 말했다. 머그가 내 골반 뼈를 파고들고 있고 실은 꽤 아프거든.

머드, 당신이 말했다.

머그 말이야, 내가 말했다.

머드, 당신이 다시 말했다. 그러더니 당신은 안개[fog]라는 단어를 말했다. 그러더니 마을이라는 단어도.

어디? 내가 말했다. 어디 있었다고?

올리버, 당신이 말했다, 트위스트.

내가 《올리버 트위스트》를 읽고 있다는 걸 어떻게 알아? 난 이렇게 말할 참이었지만 당신은 코를 골기 시작했다.

코골이 없는 당신을 상상해냈었더라면. 하지만 그랬다면 그건 사실이 아닐 것이다, 그렇지 않을까? 그건 당신이 아닐 것이다.

나는 당신 옆에, 먼지와 모래로 된 당신 안의 내 옆에 누워 있었다. 당신은 떠났지만 여기 있었기 때문이다. 그리고 다음엔 무슨 일이 일어날까? 무슨 일이 일어나든, 난 그런 일들이 일어나게 그냥 내버려둘 것이다. 왜냐면 그건, 그러니까 상상은 우리를 속속들이 알고 있으니까. 우리가 스스로 아는 것보다 우리를 더 많이 아니까. 그건 가장 시의적절하고, 현실의 순간순간을 어김없이 알고 있으니까.

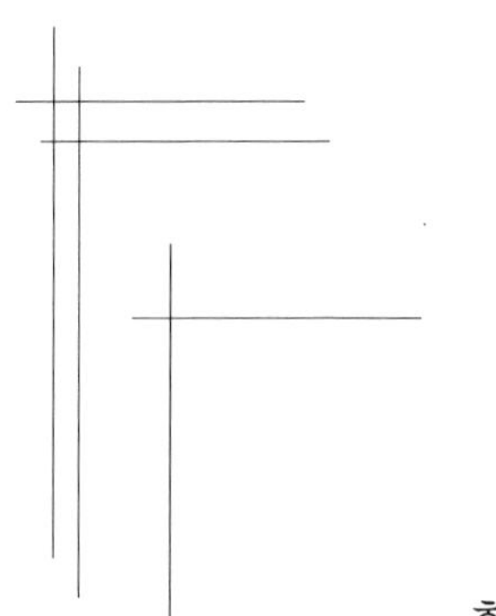

제2장

형식에 관하여

나는 테네시에 병을 두었다
성스러운 강 알프가 흐르던
모래알의 세상을 보기 위해
죽음에 들를 수는 없었으니까.

누구도 그의 소리를 듣지 못했다. 죽은 남자가
홀로 힘없이 배회하는 소리를,
황금 사과 같은 태양이 죽어가는 모습에
분노하고 또 분노하는 소리를.

흑판 앞에 서세요, 아빠.
교통경찰은 흑색 면장갑을 끼게 하고.
그리고 그 순간 흑색 새가 노래했다.
우리보다 오래 살아남을 건 사랑이라고.

당신이 조금은 다르게 죽음에서 돌아왔다면 어쩌면 조금은 나았을지 모른다.

그러니까 당신이 살아 있을 때 갖고 있던 그 독창성을 소유했더라면 으레 할 수밖에 없는 행동을 하는 사람처럼 일련의 다른 종류의 당신으로 돌아왔더라면. 예를 들어 당신이 개로 돌아왔다면, 그러니까 신화적인 종류의 개여서 말을 할 수도 있고 심지어는 때로 내 요구를 들어줄 수도 있고 어떨 땐 나와 테이블에 앉아 저녁 식사를 함께 하며 대화를 할 수도 있는 개라든지, 내가 어딜 가든 내 머리 위를 맴도는 조그만 별 아니면 날개 아니면 화염의 혓바닥으로 돌아왔더라면, 아니면 신비로운 환영, 나도 그게 뭔지는 모르겠지만, 따오기 아니면 갑자기 나타나는 폭포 아니면 풍성한 덤불 아니면 천사 아니면 악마 아니면 동전으로 내리는 비, 회색과 검은색 비구름만이 여인을 감싸고 있는 모습을 그린 이탈리아 그림에서처럼 손이라기엔 너무 큰 손을 지닌 한 모금의 안개로 돌아왔더라면.

왜냐면 당신과 함께 산다는 것이 어땠는지 생각해보면 이 모든 것과 같았으니까. 지금 생각해보면 그건 마치 시 아니면 그림 아니면 이야기, 음악 안에서 살아가고 있는 것 같았으니까. 그건 정말 굉장했으니까.

당신이 돌아와 기쁘지 않다는 게 아니었다. 몇 주 동안 오고 가기를 반복하면서 당신은 똑같은 당신이었지만 매번 조금씩 더 지쳐 보였고, 매번 내가 거기 없는 것처럼 왔다가 곧장 돌아가고 서재 책상에 앉아 책과 예술에 관해 하려고 했던 강연을 두고 머리를 쥐어뜯었다. 당신이 실제로 뭔가를 쓰는 것을 보지는 못했다. 다만 머리를 쥐어뜯는 것을 봤을 뿐이다.

계속 그러다가는 대머리가 될 거야, 내가 말했다.

실비아 플라스의 〈마음을 어지럽히는 뮤즈〉에 나오는 조르조 데 키리코의 끄덕이는 머리처럼 말이지, 당신이 책상에 앉아 말했다.

당신이 그렇게 표현하고 싶다면, 내가 말했다, 그게 뭔지는 모르겠지만 그게 편하다면.

그건 시야, 당신이 말했다, 무서운 어린 시절의 환상에 관한. 그 환상은 어떤 면에서는 아이가 예술가가 되는 데 영감을 주지만 어떤 면에서는 선택의 여지도 없이 예술가가 되게 만들어. 형식에 관한 이 강연에서 난 플라스에 대해 쓰지 않을 수 없어. 플라스는 초기 시에서 형식을 지배하기 위해 굉장히 열심히 노력해서 후기 시에서는 일종의 형식적 해방을 이뤄내고 이후엔 자신이 원하는 거라면 뭐든 할 수 있게 된 사람이야.

맞아, 내가 말했다, 그래.

당신은 당신이 죽었다는 걸 전혀 알지 못하는 것 같았다.

당신은 말했다, 그건 플라스의 초창기 시들, 그러니까 〈장마철의 까마귀 떼〉와 같은 시에서 보이는 연의 견고함과 음절의 반복적인 형태 *때문*인데, 마지막 작품에 가까워질수록 〈에어리얼〉과 같은 시에서 플라스는 완전히 자유로운 형식으로 날 *수 있게 돼*. 하지만 이건 애초에 플라스가 이 모든 걸 이해했기 때문이야. 이건 마치 시인이 초창기에 보인 형식적 견고함이 후기에 형식적 개방성으로 해방되는 것과 같지.

맞아, 그리고 플라스는 멋진 인생을 살았어, 그치? 행복하고 충만하고 등등등, 내가 말했다.

당신은 검은 눈과 어두워지는 코를 내게 돌리고 한숨을 쉬었다.

내가 수백 번이나 말했잖아, *인생*은 그거와 아무 *상관*이 없다고, 당신이 말했다. *인생은 최소한*의 형식이야.

당신은 원래의 모습대로 돌아왔다. 당신은 말을 중단하거나 단어가 의미하는 게 무엇인지 궁금해하며 생각할 필요도 없이 원래대로 다시 말할 수 있었다. 다만 지금은 비음이 약간 섞여 있었다. 당신은 매번 집을 방문할 때마다 놀라울 만큼 점점 더 이전의 당신과 비슷한 소리를 냈다. 그리고 매번 더 오랫동안 나와 함께 있었다. 실제 코는 이제 거의 사라져버렸지만, 이제 거의 텅 빈 것이나 마찬가지이기는 하지만. 그리고 당신에게서 처음 났던 깨끗한 흙냄새보다 훨씬 안 좋아진 냄새가 났다. 당신이 돌아오는 날이면, 내가 직장에서 집으로 길을 따라 걸어오는 길에 이제 당신이 집에 있는지 없는지 몇 집 앞에서 항상 알게 되었고, 우편함에는 옆집에서 남긴 어떤 메모가, 그러니까 배수에 뭔가 문제가 있는 건 아닌지 따위에 관한 메모가 남겨져 있었다. 나는 매번 당신이 떠나면 집에서 더 많은 것이 사라지고 있다는 걸 신경 쓰지 않으려고 노력했다. 내 시계, 거의 모든 펜, TV와 DVD 리모컨 둘 다(이건 내가 사실상 이 가전제품들을 켤 수 없다는 걸 의미했다), 벽난로 선반의 조그만 오닉스 부엉이, 빨간색 펜치, 전동 칫솔 충전기, 족집게, 심지어 한 번은 테이블 램프가 전부 없어졌다. 그리고 난 당신이 여기 왔을 때, 나보다는 대학에서 끝내 전달하지 못한 오래전 강연에 몰두하는 데 점점 더 흥미를 느낀다는 것도 신경 쓰지 않으려 노력했다. 당연히 그들이 아니라 바로 나 때문에 당신이 여기 오는 거니까, 아닌가?

하지만 오히려 당신에게 불완전한 점이 있다면 그건 내 탓이었다. 당신이 항상 말했듯 상상으로는 뭐든 할 수 있다. 만약 나의 상상력이 당신 상상력의 절반만큼이라도 독창적이었다면 냄새가 나지 않는 당신을 상상*할 수 있었*을 테고, 말을 잘하는 강아지처럼 나와 함께 테이블에 앉거나, 슈퍼마켓이든 인생의 기차역이든 내가 어딜 가든 내 위에서 별처럼 반짝이는 당신을 상상할 수 있었을 것이다. 하지만 아니었다. 난 변하지 않는 멋진 코가 있는 당신조차 상상할 수 없었다. 내게는 그런 걸 할 수 있는 세련된 상상력조차 없었다. 그리고 그걸 바꾸기 위해 내가 할 수 있는 일도 없어 보였다. 난 다르게 상상해보려고 노력했지만, 결국 매번 당신은 똑같은 모습으로 집에 왔고, 문을 통과했으며, 계단을 오르자마자 서재로 들어가 오래된 인쇄물을 보면서 더 많은 머리카락을 쥐어뜯었다.

당시 당신을 사로잡고 있었던 건 "형식에 관하여"라고 불리는 것이었다.

솔직히 말해 난 형식이 의미하는 게 무엇인지 정확히 몰랐다. 나는 직장에 있는 샌드라에게 물었다. 그건 채워넣는 걸 말하죠, 샌드라가 말했다.

하, 내가 말했다. 그 순간 내가 무슨 생각을 하고 있었는지 샌드라가 눈치채지 못했기 때문에 나온 반응이었다. 난 거기에 앉아 빳빳한 종이를 원뿔 모양으로 말아 당신의 코가 있었던 자리를 채우는 시험을 해보고 있었고, 종이는 너무 무겁지도 않고 매우 쉽게 교체할 수 있고 모양을 바꿀 수도 있기 때문에 나무보다 낫다고 생각하고 있었다. 나는 이제 안경의 균형을 잡아줄 곳이 얼굴에 존재하지 않는다는 것 때문에 당신이 곤경에 빠졌다는 것도 알아차린 상태였다.

그래요, 그렇지만 샌드라, 내가 말했다. 만약 죽은 사람이 죽음에서 돌아와 당신과 어울린다면 그건 무슨 형식일까요? 그런 일이 생긴다면 어떻게 할 거예요? 하하, 샌드라가 말했다, 공포 영화를 너무 많이 본 거 아니에요? 그러더니 샌드라는 걱정하듯 말했다. 괜찮은 거예요? 그럼요, 난 괜찮아요, 내가 말했다. 글쎄요, 우린 모두 그쪽이 전보다 나아진 것 같다고 생각했어요, 샌드라가 말했다, 그래서 우린 모두 기뻐요, 어려운 시간을 겪었잖아요. 그런데 요즘 다시 안색이 좀 안 좋아 보이는 것 같아요. 집에 무슨 일이 있는 건 아닌지 궁금해하던 참이었어요. 아니에요, 내가 말했다, 하지만 정말 누군가 돌아온다면, 어떻게 할 거예요? 샌드라는 날 보더니 자신의 컴퓨터 화면을 뚫어지게 쳐다보았다. 그런 일이 제게 일어난다면, 샌드라는 화면에 눈을 고정한 채 말했다, 누군가한테 이야기할 거예요. 나도요, 그래서 지금 얘기하고 있잖아요, 내가 말했다. 그러니까 내 말은, 의사를 찾아가보겠다고요, 샌드라가 말했다. 내가 그런 처지라면 난 그렇게 할 거예요.

샌드라는 롬지의 어떤 집들 뒤에 있는 유럽단풍나무 열 그루를 확인해 하수구와 관련해 근본적인 문제가 있는지 확인하라며 나를 보냈고(지금까지는 단풍나무는 괜찮았지만 렐란디 덤불이 집들 너무 가까이에 있었다) 내가 사무실로 돌아오자 샌드라는 다음 주에, 그것도 회사가 가장 바쁜 시기 중 하나인 10월인 다음 주에, 반급 휴가 사용이 할당되었다는 이메일을 보내왔다.

나는 브라이턴에 있는 호텔을 찾아보았다. 우리는 언제나 브라이턴에 가는 것을 좋아했다. 난 우리가 전에 머물렀던 호텔을 예약하고 집으로 걸어왔다. 당신은 벌써 집에 와 있었다. 난 알 수 있었다.

나 휴가 예약했어, 내가 말했다. 갈래? 우리 바람 좀 쐬어야 하잖아, 당신이나 나나. 하지만 당신이 원하지 않는다고 해도 괜찮아. 그러니까 당신이 여기서 머물며 일을 하는 게 낫다고 생각한다면 말이야.

당신은 내 말을 듣고 있지 않았다. 일을 하느라 바빴다. 나는 각도 조절 램프의 밝은 빛을 받은 공중에서 머리카락이 가볍게 날리는 것을 보았다.

이틀 뒤, 그러니까 휴가 시작 이튿날, 새벽 5시에 일어나 그렇게 일어날 필요도 없었다는 것을 깨달은 지 이틀째, 직장이라는 구조에서 벗어나 당신과 함께 나 홀로 호텔 방에서 어슬렁거린 지 이틀째, 난 살아갈 의지를 잃어가고 있었다.

우리의 첫째 날, 나는 호텔 근처의 가게를 어슬렁거렸다. 호텔로 돌아왔을 때 나는 바로 뒤에 당신이 있다는 걸 분명히 느낄 수 있었고 내가 잠시 둘러보았던 자선가게에서 당신이 책 몇 권을 슬쩍 가져왔다는 것을 알 수 있었다. 난 걱정이 되기 시작했다. 당신은 내 상상의 산물이었다. 그 말은 분명 내가 그 책들을 가져왔다는 거였다.

그 책들을 그냥 가져온 거야? 돈도 내지 않고? 내가 말했다.

당신은 호텔의 커피 머그 중 하나를 들어 올렸다. 그러더니 그걸 그대로 떨어뜨렸다. 머그는 카펫 처리가 되지 않은 부분의 바닥에 부딪혀 산산조각이 났다.

그런 짓을 하면 안 돼, 내가 말했다, 여기선 안 돼.

당신은 조각 중 하나를 집어 올리더니 얼마 전에 온전한 머그를 관찰하던 때처럼 면밀히 뜯어보았다.

아름다워, 당신이 말했다.

아무런 이유도 없이 물건을 깨면 안 돼. 내가 말했다. 우리 것도 아니잖아. 그리고 물건을 함부로 가져오면 안 돼. 집에서 가져오는 건 괜찮지만. 가게에서는 안 돼.

당신은 책 한 권을 펼쳤다. 밝은 노란색 표지 전체에 새가 잔뜩 그려져 있는 작고 오래된 책이었다. 책 제목은《새 관찰: 새를 이해하는 방법》이었다.

쇠오색딱따구리. 둥지는 나무 안의 구멍, 당신이 말했다. *어치. 나뭇가지와 풀로 된 둥지는 수풀이나 나무에 있다. 까치. 나뭇가지와 진흙으로 만든 돔형 둥지에는 옆면에 입구가 있고 나무나 수풀에 있다. 홍방울새. 실뿌리, 풀, 양모, 털로 된 둥지는 가시금작화 덤불이나 그와 비슷한 장소에 있다. 푸른머리되새. 이끼 낀 둥지는 안쪽이 부드럽고 가장 예쁜 둥지 중 하나이며 수*

풀, 울타리, 나무 둥지에 있다.

사실 집에서 물건을 계속 가져오는 것도 정말 괜찮은 건 아니야, 내가 말했다.

아름다운 병 모양의 진흙 둥지는 건물의 처마 밑에 있다, 당신은 읽었다. *모든 진흙은 새의 부리로 가져온다. 둥지는 벽이나 나무의 갈라진 틈이나 건물 지붕의 들보에 있다.*

펜이나 다른 물건 따위에 그렇게 신경 쓰는 건 아니지만, 내가 말했다. 당신이 가져가지 말았으면 하는 것들이 있어.

수컷 참새는 구애할 때 입을 크게 벌려 노래를 부르고 날개를 늘어뜨린다, 당신이 말했다. *수컷 참새는 노란 꽃을 가져와 꽃잎을 떼어놓는다. 목이 흰 명금의 수컷은 구애할 때 암컷에게 풀잎을 가져다준다.*

자동차 키 말이야, 내가 말했다. 그리고 내 은행 카드도. 차 키는 바꾸려면 260파운드나 든다고. 그거 없이는 차를 운전할 수도 없고. 그리고 은행 카드를 계속 바꿔야 한다는 건 정말 성가시고 불편한 일이야.

참새, 검은새, 개똥지빠귀나 다른 되새류와 같이 두 발로 뛰는 새는 옆으로 나란한 쌍으로 된 발자국을 남긴다. 할미새나 찌르레기같이 걷거나 달리는 새는 사람 발자국과 비슷한 모양으로 번갈아가며 일렬로 정렬된 발자국을 남긴다.

그래, 맞아, 내가 말했다.

당신은 오리와 갈매기가 남기는 발자국 사이의 차이점에 따위에 대해 내게 계속 읽어주었다.

나 나가, 내가 말했다. 따라오지 마.

나는 해안을 따라 걸었다. 혼자 있으니 좋았다. 그러다 난 내가 새가 남긴 흔적을, 갈매기가 남긴 흔적이 어떻게 생겼는지 찾고 있다는 사실을 깨닫고 나 자신과 당신에게 짜증이 났다. 그러다 혼자 있다는 걸 즐기고 있다는 데 죄책감이 들었다.

비가 내리기 시작했다. 나는 산책로에 있는 가게 중 하나의 공간으로 몸을 피했다. 그 가게는 오락실이었는데 지난 세기 초반 몇십 년 정도에 나왔던 오래된 기계로 가득했다. 나는 부스 안의 남자에게 1파운드를 건넸고 남자는 그걸 낡은 동전 열 개로 바꿔주었다. 그러다 나는 '집사는 무엇을 보았나' 기계*에서 스커트를 들어 올리고 있는 아가씨에게로 무심코 다가가고 있었고, 여자는 깜빡거리는 오래된 사진 뭉치에서 허벅지를 점점 더 위까지 보여주고 있었다. 사진의 가장자리가 정지 상태에서 움직임, 움직임에서 다시 정지 상태로 반복적으로 전환되면서 마치 무가치한 오래된 화폐처럼 너무 너덜너덜해지고 지저분해진 나머지, 나는 허벅지가 하얀 아가씨가 가엾다는 생각이 들었고, 이 눈구멍에 눈을 갖다 대고 아가씨를 본 적이 있는 모든 사람, 그러다 마침내는 나

* 집사는 무엇을 보았나(What the Butler Saw) 기계는 활동사진 영사기로 1900년대 초에 시작된 에로틱 영화의 시초가 되었다. 관음증이 있는 집사가 열쇠 구멍을 통해 침실 안의 여성이 옷을 벗는 모습을 훔쳐보는 것을 묘사한다.

자신에게까지 가여운 마음이 들었다. 그건 이 오락실에서 이리저리 방황하는 내내 계속해서 느낀 감정이었다. 그러니까 '슈퍼 스티어 어 볼' 게임기를 발견할 때까지 그랬다.

슈퍼 스티어 어 볼은 커다란 정방형 기계로 밝은 빨간색 페인트칠이 되어 있으며 위쪽에는 금속 소재로 된 경사와 시골 그림이 있었다. 전면에는 운전대가 붙어 있었다. 동전을 넣자 위쪽 구멍에서 어린 시절 먹던 갑스토퍼*만 한 크기의 철제 공이 나왔다. 공은 막다른 길과 숨겨진 경사를 피하면서, 여름 나무가 에나멜 처리된 패널 사이의 경사진 미로를 따라 내려와야 했고, 게임은 공이 구멍이 있는 곳에 도달해 두 개의 구멍 중 하나 아래의 암흑으로 사라져야 끝이 났다. 구멍은 금속 소재에 매우 서툴게 대충 낸 구멍이었다. 하나의 구멍 옆에는 빨간색으로 '홈'이라는 단어가 쓰여 있었다. 다른 구멍엔 '패배'라는 단어가 쓰여 있었다.

나는 갖고 있던 모든 현금과 주머니에 있던 동전 모두를 이 기계에 넣었다. 동전을 넣을 때마다 내가 무슨 짓을 하든 관계없이 공이 패배라고 표시되어 있는 구멍으로 들어가버렸기 때문이었다. 그것들은 그저 구멍일 뿐이었다, 금속에 뚫린 그냥 구멍. 두 구멍은 서로 정확히 똑같았다. 하지만 하나는 홈이라 불리고 하나는 패배라 불렸다. 그래서 나는 동전을 계속해서 넣으며 공을 홈

* 아주 크고 동그란 사탕.

이라고 표시된 구멍으로 넣으려 애썼다. 최악이었다. 공이 계속해서 패배라고 표시된 구멍으로 들어가버렸으니 말이다.

산책을 나왔을 때 내 지갑에는 60파운드가 있었다. 지금 난 나의 마지막 5파운드 지폐를 가지고 부스로 가고 있었다.

저 슈퍼 스티어 어 볼은 이길 수가 없네요, 부스 안의 남자에게 내가 말했다.

오 아니에요 그렇지 않아요, 남자가 말했다.

오 맞아요 그렇다니깐요, 내가 말했다. 성공할 수가 없어요.

오 할 수 있어요, 남자가 말했다.

남자가 쌓아둔 동전에서 낡은 동전 하나를 자진해서 집더니 부스 문을 열고 나와 기계 앞에 서서 동전을 기계에 넣고 운전대 각도를 신중하게 조절하자 공이 예쁜 나무를 통과해 내려오다가 패배라고 표시된 구멍으로 그대로 떨어졌다.

저런, 남자가 말했다. 원래 할 수 있는데. 잠시만요.

나는 남자에게 내 동전 하나를 주었다. 남자는 동전을 넣었고, 공은 살짝 틀어져 내려오다가 패배라고 표시된 구멍으로 그대로 들어가버렸다.

나는 내가 몇 번 더 해봤으면 좋겠다는 마음이었지만, 남자를 게임기에서 떼어놓을 수가 없었다. 그래서 난 남자를 대신해 동전을 바꾸려고 줄을 서서 기다리고 있는 사람 몇 명을 상대해주었다. 내가 오락실을 나설 때 남자는 여전히 기계에 맞서 누가 이기나 겨루고 있었다.

에이! 남자는 말하고 있었다. 그리고: 잠깐. 그리고: 이런 안 돼.

나는 우리의 호텔로 돌아왔다. 꽤 고급스러운 호텔이었다. 나는 프런트를 최대한 빨리 통과했다. 어떤 사람들이 배수와 관련해 관리자에게 불평을 하고 있었기 때문이다. 나는 위층으로 올라와 복도를 통과해 우리 방으로 들어왔다. 당신은 내가 나갔던 적이 없는 것처럼 여전히 원래 있었던 곳에 그대로 앉아 있었다. 당신은 자선가게에서 훔친 다른 책을 읽고 있었다. 곤충, 새, 대형 동물이 그들에게 주어진 것을 사용해 집을 만드는 방법에 관한 책이었다. 나는 당신 어깨 너머로 읽었다, *아시아동굴칼새가 타액으로 만든 둥지와 이것을 비교해보라. 응고된 침, 분비물의 기능으로 만들어진 이것은 동굴 벽에 부착되는 선반과 같은 둥지를 형성한다. 글로시칼새와 같은 다른 종은 식물 재료를 서로 붙이기 위해 침을 사용한다는 점에서 다르다.*

딱딱한 밀랍처럼 보이는 새 해먹 사진과 새 둥지 수프에 관한 문단, 자신의 배설물을 사용해 조그만 거처를 짓는 오스트레일리아 애벌레에 관한 자세한 묘사가 있었다.

나는 침대로 가서 누워 온 힘을 다해 집중해 당신이 책을 내려놓고 여기 침대로 와서 내 옆에 눕는 것을 상상했다.

효과가 있었다. 당신은 책을 내려놓았다. 그리고 여기로 와 누웠다. 고분고분한 것 같기까지 했다.

나는 당신의 까만 눈을 들여다보았다.

흠. 패배.

좀 더 말해줘, 내가 말했다. 당신이 가는 곳에 대해. 나와 함께 있지 않을 때 있는 그곳. 머리카락 색이 밝은 여자가 있는 그곳.

오, 당신이 말했다. 좋아. 거기엔 어두운 벽 세 개와 빛으로 뒤덮인 벽 한 개가 있어. 이 벽에는 여자가 있어, 어린 소녀, 머리카락 색이 밝아. 여자는 어떤 때는 온통 알록달록하다가 어떤 때는 아무런 색이 없어. 하지만 머리카락은 매번 밝지. 그리고 여자는 어느 섬에 있는 마을에 살아. 같은 마을에는 늙은 선장이 있어. 선장은 육지에 너무 오래 머물러 있어서 미쳐가고 있을 뿐이야. 여자는 선장과 같이 부두에 가 서서 바다를 내다보고 자기들이 갈 수 있는 모든 장소를 상상해. 둘은 바다와 하늘에 대고 그 모든 장소들의 이름을 외치지.

그래, 내가 말했다.

나는 눈을 감고 들었다.

그리고 여자는 매우 가난해. 도시의 가난한 지역에 살지. 그리고 여자는 직장을 계속해서 다닐 수가 없어. 직업을 구하는 곳마다 상사가 추파를 던져서야. 여자가 너무 예뻐서지. 그래서 여자는 이주하기로 결심해. 한 친절한 이웃이 여자에게 그의 친구 이야기를 해. 자기 친구가 전 세계로 배를 출항시킨다고. 남자는 이 친구가 여자를 도울 수 있을 거라고 말해. 그래서 여자는 그 남자를 만나러 가지. 남자는 여자가 마음에 들어. 여자가 남자의 사무실을 떠난 다음 남자는 여자가 지갑을 두고 간 걸 알아차려. 남자가 지갑 안을 보는데 거기에는 거의 아무것도 없는 거야. 소액권 몇 장이랑 동전 몇 개만 있어. 잠시 후에 남자는 자기 지갑에서 고액권 하나를 꺼내 여자의 지갑에 접어 넣고 그런 행동에 대해 말하지 않은 채 여자에게 지갑을 돌려주려고 해. 한편 여자는 버스에 올라 가방을 뒤지는데 지갑이 없는 거야. 근데 승무원이 여자 앞에 서서 티켓 값을 요구하지.

그런 다음엔? 내가 말했다.

이제 온통 다채로운 색이야. 여자는 자신의 진정한 사랑과 가까이에 있기 위해 배에 몰래 올라타. 그 사랑은 선원이자 사관후보생이야. 여자가 캔버스 덮개로 덮인 구명보트에 숨어서 밖으로 나올 기회를 엿보고 있는데 선원 몇 명이 와서 구명보트 주변에 서 있어. 그들은 모두 빵과 치즈를 먹고 있지. 그런데 선원 중 한 명이 다른 선원에게 하모니카 연주를 해달라고 하는 거야. 그래서 남자는 빵과 치즈를 구명보트 덮개 위에 올려놓고 연주를 해. 근데 선원들이 모두 연주를 듣고 있는 동안 구명보트 덮개 안에 있는 여자는 음식의 그림자를 보고 입술을 혀로 핥더니 슬그머니 손을 밖으로 빼내 치즈와 빵을 가져와. 남자가 연주를 마치고 빵이랑 치즈를 찾는데 없는 거야. 그래서 남자는 이게 다른 선원들이 자기에게 연주를 하게 만들어놓고 남자의 샌드위치를 가져가려고 한 속임수였다고 생각해. 그래서 시시한 말다툼이 벌어지지. 하지만 구명보트 안에서 여자는 완전히 행복한 표정을 짓고 빵과 치즈를 먹는 거지.

당신이 돌아온 몇 주 내내 당신이 있었던 다른 장소에 대해 내가 물을 때면 당신은 이렇게 단편적인 이야기를, 머리카락 색이 밝고 배고픈 소녀에 대한 이야기를 항상 들려주었다. 그러고 나서 당신은 내가 들어본 적도 없는 단어, 사실상 진짜 단어인 것처럼 들리지도 않는 단어들을 말했다. 하지만 좋았다, 어떤 것에 어떤 의미가 없어도 된다는 점이. 위안이 되었다. 기묘하게 친밀감이 느껴지기도 했다. 당신이 나에게 말하고 있는데 나는 당신이 무슨 말을 하고 있는 건지 전혀 이해하지 못하고 있었다.

가이드 어 러커스, 당신이 말했다. 트래브 어 브로스. 스푸 야타키. 클럿 쏘. 스쿠피.

또 무슨 일이 있는지 말해줘, 내가 말했다. 그런 얘기를 좀 더 해봐.

* * *

불안을 잠재우기 위해 나는 이 금에 새긴다네
애뮬릿을 다듬는다네 그 모서리에는
관습을 위한 조그만 자리가 있다네. 빛으로 충만한,
내 마음의 안식처가 되는 곳이라네.

_클라이브 윌머, 〈금세공인The Goldsmith〉

1. 목적을 형식 속에 끼워 넣기

언어가 시작이었다. 그리고 언어는 형식과 무형無形 사이의 차이를 만들었다. 이는 형식과 무형 사이의 관계가 일종의 대화가 아니라는 것이라든가 형태가 없는 것에는 언어가 존재하지 않음을 의미하는 게 아니다. 다만 어떤 이유에서든 특정한 언어가 형식과 무형 사이의 차이를 만들었음을 의미하며, 여기에서 모든 게 시작되었다.

"신 또는 재주가 있는 일부 예술가들은, / 그것을 분류하기 시작했다. / 땅은 여기에, 하늘은 저기에, / 그리고 바다는 저기에"는 테드 휴스로 변성한 오비디우스가 세상 만물의 시작을 보았던 방식이다. 그전에는 어땠을까? "액체 또는 증기 상태의 모든 것, 형태가 없다. / 각각은 적대적 / 모든 다른 것들에 대해." 액체나 증기에 형태가 없다는 것이 아니다. 휴스가 강조했던 적대감은 다음과 같다. "모든 지점에서 / 뜨거움은 차가움과, 습한 건조함과, 부드러운 단단함과, 중량 없음과 싸웠다 / 무게를 거슬렀다." 즉, 신 또는 재주가 있는 일부 예술가들이 무게를 던져버리기 시작할 때까지 말이다. 형식form은 라틴어로 형태를 의미하는 forma에서 왔다. 형태, 틀, 형태, 잡아두는 무언가 또는 모양, 종 또는 종류, 양상 또는 유형, 존재의 방식, 순서, 일정함, 체계를 말한다. 그것은 한때는 아름다움을 의미했지만 지금은 그런 특정 의미는 쓸모없게 되었다. 이제는 양식과 배열 및 음악, 문학, 그림 등의 구조적인 단일체, 의식, 행동, 적합하거나 효율적인 상태를 의미한다. 어떤 것의 본질이 구성되어 있는 대상의 내재적인 속성을 의미한다. 긴 의자 또는 벤치 또는 학교 수업을 의미하며 산토끼가 풀 속에서 자기 몸을 침대 삼는 모양을 의미하기도 한다. 형식은 다재다능하다. 우리를 붙잡아두기도 하고, 주조하기도 하고, 식별하기도 하고, 존재 방식을 보여주기도 하고, 우리에게 삶과 예술의 청사진을 제시하기도 한다. 이는 본질에 관한 것이며, 우리 중 몇몇은 이를 즉시 모르는 척 방치해둘 수도 있다. 이는 범죄 기록을 의미할 수 있고 절차의 정확성을 의미하거나 동시에 둘 다를 의미할 수도 있다. 형식은 옳을 수도 있고 그를 수도 있다. 그레이엄 그린은《트로일러스와 크레시다》에서 사소한 문구에서도 적절한 형식을 사용하는 셰익스피어에 관해 이렇게 말했다. "'우리에게 어머니가 있었다고 생각해보라', 트로일러스의 견디기 어려운 분노는 보편적으로 수용되는 단어의 어떤 의미에서도 시가 아니다—단지 수학적으로 정확한 적절한 순간의 적절한 문구일 뿐이다. (…) 밀리그램 단위의 작은 파편에도 민감한 균형을 이룬다."

그리고 톰 건은 이보르 윈터스가 사용한 시적 형식에 관해 이렇게 말한다. "시는 사물의 폭발하는 진실을 위한 도구였다. 인간이 그것을 탐구하는 한 시는 산문이 해낼 수 있는 것보다 언어적으로 더욱 훌륭한 정확성을 위한 도구가 될 수 있다."

왜일까? 산문은 왜 이런 "언어적으로 더욱 훌륭한 정확성"을 "해낼" 수 없을까? 단순히 말해 우리가 시에는 하고 있는 언어의 주의력, 특유의 분위기, 고유의 본질을 산문에는 적용하지 않기 때문일까? 그 형식이 다르기를 우리가 *원해서*일까?

그렇다면 형식은 분명한 규칙 *그리고* 암묵적인 이해의 문제가 된다. 필요성과 기대의 문제다. 그리고 깨진 규칙, 대화, 형식이 서로 교차하는 문제이기도 하다. 그런 대화와 논쟁을 통해 더욱 날카로운 형태와 모양의 형식은 틀이라 불리는 것처럼 작용해 끊임없이 형식에서 형식을 낳는다.

> 대리석도 금을 입힌 왕의 기념비도
> 강렬한 이 시보다 오래 살아남지 못하리라,
> 하지만 세월의 격정에 더럽혀져 내팽개쳐진 비석보다
> 그대는 이 시에서 더욱 환하게 빛나리라.
> 파괴적인 전쟁이 동상을 쓰러뜨리고
> 소동이 석공의 작품을 무너뜨릴 때,
> 마르스의 검도, 전쟁의 속사速射도
> 그대의 기억이라는 생생한 기록을 불태우지 못하리라.
> 죽음과 잊어버린 모든 원한에 맞서
> 그대는 나아가리라, 그대를 향한 예찬은
> 이 세상이 다해 종말이 올 때까지
> 모든 후세의 눈에 남아 있으리라.
> 그러니 그대가 부활하는 심판의 날까지,
> 그대는 이 시 안에 살고, 연인들의 눈 속에 살리라.

시인은 예술 형식의 힘이 돌보다 강하다고 말하며 그렇게 말하기 위해 논쟁 및 설득과 관련이 있는 형식인 소네트를 선택한다. 시인은 이 소네트가 그 어떤 묘비보다 더 오래갈 것이라고 말한다. *그리고* 그대는 이로 인해 더욱 빛나고 환해질 것이라고 말한다. 이 형식에서 시는—그리고 자연히 그대는—전쟁, 역사, 시간에 의한 파괴를 대체로 피할 것이다. 심지어 죽은 후에도 그대가 살아 있을 수 있게 할 것이다. 사실상 시는 그대가 죽는 것이 아니라 살아갈 장소를 형성하고, 그곳에서 그대는 영원히 사랑의 눈과 맥락 속에서 목격될 것이다.

하지만 항상 다른 이야기도 존재한다. 어떤 것의 형태를 보는 데 있어 다른 방식은 항상 존재한다. 도가 지나칠 정도로 멋지고 듣기 좋지만 과도할 정도로 방어적이면서도 여전히 매우 잘 기능하는 보존적인 셰익스피어의 형식에 맞서는 월리스 스티븐스의 병에 관한 일화가 있다.

> 나는 테네시에 병을 두었다,
> 둥근 병을 언덕 위에 두었다.
> 병은 제멋대로 펼쳐진 황무지가
> 언덕을 둘러싸게 했다.
>
> 황무지가 그것을 향해 솟아올라
> 주변으로 뻗어나갔다, 더는 야생이 아니었다.

병은 땅 위에서 둥글었고
키가 크고 공기가 드나드는 항구였다.

병은 모든 곳을 지배했다.
병은 광택이 죽고 닳아 있었다.
새나 수풀을 선뜻 내어주지 않았다.
테네시의 다른 무엇과도 같지 않았다.

자연에서 온 물건이 아니라 만들어진 물건인 병은 그 주변의 현실을 결정한다. 주변의 야생성을 제거하고 주변의 의도를 제거한다. 완전히 둥근 형식 안에 존재하는 이런 단순 반복적 형상은 세상을 그대로 두고 그 안에서 중심적인 형식이 되어 "뻗어나가" "모든 곳"을 지배한다. 이와 동시에 시는 그 경계를 넓혀 그 자체의 형식적인 요구 사항에서 벗어나 음절적으로나 운율에 대해 우리가 기대하는 관점에서 형식이 수행해야 할 역할을 자체적으로 거부한다. "수풀"을 위한 운율은 어디에 있을까? 그런 건 없다. "황무지"를 위한 운율도 없다. "테네시"와 유일하게 운율이 맞는 것은 "테네시"이다. "언덕"도 마찬가지이다. 이 시에서 운율은 "공기[air]"와 "모든 곳[everywhere]"을 "닳아 있었다[bare]"와 연결시킨다.

미학적인 형식과 현실 사이, 형식과 그 내용 사이, 독창성·예술·유익함·삶 사이에는 언제나 대화 즉, 논쟁이 있을 것이다. 다양한 형식 사이에는 언제나 영향력 있는 논쟁이 있을 것이다. 이

것이 바로 상반되는 것이나 다른 것을 마주했을 때, 형식이 형식을 마주했을 때 형식이 형식을 창조해내는 방법이다. 두 개의 시를 합치면 그렇게 세 번째 시가 탄생하게 된다.

대리석이 아니다: 재건

테네시의 스퀴지* 병,
그대가 영원함을 원한다면, 열두 개의 병을
황야로 억지로 밀어넣을 것이다.
밝고, 철자가 틀리고, 발음하기 어려운 것
그 자체. 아무도 그대를 사랑하지 않는다! 내 생각에
세제에는 헤프다고 불리지 않을 만한
아무르 프로프르**가 있다. 저속하게
도금한 대리석 개, 기념비는 엉망이다.
이것을 하고, 저것을 하고. 내가
사랑에 빠졌다고, 그 무게에 짓눌려 있거나
그 고요함에 우쭐해 있다고 치자.
그냥 말을 하지 말기로 하자. 난 실제로 그러고 있다.
유랑인 무리, 후손, 판사가 내 연인과 내가 어제 떠난

* 세제 브랜드.
** amour propre. 자기애, 자존감, 허영심 등을 뜻하는 프랑스어.

공간을 헛되이 채우고 있다.

뭁학*! 어질러진 것은 예술보다 훨씬 더 밝고, 더 강력하고, 더 영속적이다. 그리고 "그대가 영원함을 원한다면" 그것은 지속될 것이라고 에드윈 모건은 1987년 그의 시에서 말한다. 하지만 완전히 현대적인 형식에 관한 이 시는 스티븐스와 셰익스피어를 결합하고 셰익스피어 소네트 55의 원 출처, 호라티우스의 송가 〈나는 청동보다 더욱 영원한 기념비를 세웠다exegi monumentum aere perennius〉까지 속속들이 파헤친다. 모건은 그렇게 하는 게 뭐 어떠냐고 말하며 그런 행동을 밀고 나가려는 의도로 몇 마디 단어, 그러니까 "그냥 말을 하지 말기로 하자. 난 실제로 그러고 있다"고 "그냥 말한다". 모건은 공간, 대리석이 아닌 공간, 사랑하는 사람에 의해 남겨진 것이 공기 말고는 아무것도 없는 공간, 미래가 돌진해 들어올 수 있는 공간, 원한다면 채워질 수 있는 공간에 집중한다. 침투성이 있는 공기로만 이루어진 이런 형식은 침투성이 전혀 없어서 연인들이 떠나버리기 때문이다. 그리고 모건의 소네트에서 기교 있는 운율의 사랑스러움은 그 *무게*에 짓눌려 있거나 그 *고요함*에 우쭐해 있어 그의 말을 무너뜨리고 우리는 다시 가

* 문학을 뜻하는 Literature와 어질러진 상태를 뜻하는 Litter를 합하여 Litter-ature라는 표현을 만들어낸 원문의 말장난을 살리기 위해 번역에서도 자음 'ㅎ'을 두 번 연달아 표기함.

벼움 대 무거움 즉, 감촉·공간·공기에 있어서 무거움과 가벼움 사이의 관계를 생각하게 된다.

이는 형식을 형식에 연결하는 힘에 관한 것이다. 발가락뼈를 어깨뼈에 연결하는 것이다. 박테리아의 생명력이 보여주는 발차기, 무에서 자라나는 무언가, 다른 무언가에서 자신을 형성하는 것이다. 형식은 결코 멈추지 않는다. 그리고 형식은 언제나 환경적이다. 사람의 노래가 사람의 심장과 그 사람의 열망에 대해 말해주는 것처럼, 사람의 언어와 언어의 사용이 그 사람의 관심사가 무엇인지를 말해주는 것처럼, 물질적이고 형이상학적인 예술 형식은 그들이 사는 장소와 그들이 속한 형태에 관한 모든 것을 말해준다.

미학적인 형식을 만드는 비즈니스, 신의 비즈니스, 교정 비즈니스를 다루는 사람들에게 미적 존재와 부재, 본능과 솜씨에 관한 질문과 여러 요소는 오만, 겸손, 희망, 존중이 복잡하게 얽힌 복잡체이다. 미켈란젤로는 그의 시에 "그림으로 그린 사람을 실제 사람으로 만드는 일은 엄청난 기적이 될 것이다"라고 적었다. 미켈란젤로가 이제 막 작업을 끝낸 조각상을 치며 격분해 "말해, 왜 말을 하지 않는 거야?"라고 소리를 질렀다는 일화도 있다. 이런 충동의 크기를 축소해 표현한 미켈란젤로의 또 다른 소네트 도입부에서 "훌륭한 예술가는 하나의 대리석 조각이 그 자체로 그 조각을 넘어서는 모든 것들을 포함할 수 있다고 생각한다. 다만, 지성에 순종하는 손만이 그것을 발견할 수 있다"고 했다. 울프는 "단어

외부의 껍데기가 아니라 대상 그 자체를 접촉하는 타고난 작가의 재능"에 관해 쓰면서 생각, 본질, 현실, 형식 사이에 이와 유사하면서도 핵심적인 이해를 제시했다. 그냥 말을 하지 않기로 하자. 난 실제로 그러고 있다.

우리는 형식을 만들고 형식은 우리를 만든다. 형식은 우리를 즐겁게 할 수 있고, 괴롭히고 걱정하게 만들고 미치게 할 수 있다. 이런 점은 키어런 카슨이 1999년 《호박을 찾아서Fishing for Amber》의 시작 부분에서 스토리텔링의 예술에 관해 한 묘사에서 확인할 수 있다.

> 아니면 가끔, 다른 이야기 때문에 자식들에 대해 괴로워하다가 나의 아버지는 결국 굴복하고 시작하곤 했다, 비스케이만에 폭풍우가 몰아치는 밤이었다, 선장과 선원들은 불가에 둘러앉았다. 갑자기 선원 중 한 사람이 말했다, 이야기 좀 해주세요, 선장님. 그리고 선장이 얘기를 시작했다, 비스케이만에 폭풍우가 몰아치는 밤이었다, 선장과 선원들은 불가에 둘러앉았다. 갑자기 선원 중 한 사람이 말했다, 이야기 좀 해주세요, 선장님. 그리고 선장이 얘기를 시작했다, 비스케이만에 폭풍우가 몰아치는 밤이었다, 선장과 선원들은 불가에 둘러앉았다. 갑자기 선원 중 한 사람이 말했다—

카슨은 항상 자신이 쓰는 모든 것의 형식에 의문을 제기했다.

카슨의 소설은 단편의 모음이고, 그의 현실은 모두 허구에서 기인한 것이며, 그의 소설과 시는 다른 그 어떤 형식으로도 구현될 수 있을 만큼 현실적이고 정치적인 것에 연결되어 있다. 카슨의 형식은 형식의 다양한 가능성을 부추기는 창조적인 융합이다. 여기서 카슨은 마치 형식 그 자체의 정수를 찾은 것 같다. 그래서 아무것도 없는 상태에서, 반복에서, 융합에서, 심지어는 스티븐스의 조화롭지 못한 병에서처럼 그 자체의 무력함에서 어떤 차원을 생산해낼 수 있다. 형식은 일정한 형태가 없는 것에서 형태가 있는 것을 구분해낸다. 다만 형태가 없는 것에 형식 역시 없어야 한다는 것은 아니다. 형식은 있다. 존재하지 않는 것이어야 형식이 없기 때문이다. 무정형에도 형식은 있다.

그리고 미적 형식이 인간의 마음과 만나는 지점에 관해 그러한 진실을 제시한다. 우리가 낯선 땅에서 자신의 것이 아무것도 남아 있지 않은 상태에서 안식처가 없다는 것을 깨닫게 될지라도—말하자면 우리가 모든 것을 잃어버린 것—우리에게는 다른 종류의 안식처가 있을 것이다. 그리고 그것은 미적 형식 그 자체나 친숙함, 알고 있는 운율, 알려진 문구, 익숙한 형태의 이야기, 선율, 우리가 그것을 알고 있다는 것조차 잊어버린 한참 뒤에도 매번 우리에게 주어지는 문구나 구절이나 문장이 주는 불변의 확신이라는 형태일 것이다. 나는 테네시에 병을 두었다. 일단 우리가 이 문장을 알게 되면, 우리는 절대로 이 문장을 알지 못하게 될 수는 없을 것이다. 거친 바람은 5월의 사랑스러운 새싹을 분명히 흔들어

놓는다. 바람은 항상 그럴 것이다. 운율 그 자체는 형식의 한 종류이고, 그것이 시이든 산문이든 관계없이 운율은 우리가 머무르는 하나의 장소가 된다.

형식의 뚜렷한 고정성 측면에서 형식은 곧 변화이다. 그 고정성 측면에서 형식의 본질은 연속성 자체가 불안정할 때조차 연속성에 변화를 주는 관계이다. 예를 들어, 이런 연약함과 반대되는 확실성은 〈베르메르〉라 불리는 비스와바 쉼보르스카의 6행짜리 시의 형식, 줄어드는 행의 길이와 몰두하고 있는 주제에서 단순하고 분명하게 드러난다.

차분하면서 짙게 그려진 레이크스미술관의
그 여자가 날마다 우유를 물병에서
우묵한 그릇으로 계속해서
따르는 동안 세상은
세상의 끝을 아직
얻지 못했다.

2. 형식을 변형 속에 끼워 넣기

강연의 서로 다른 섹션에 붙은 제목에 내 마음이 움직였다. 매우 당신 같았기 때문이다. 소박하고 어딘가 좀 망설이는 것 같기도 하고 낙관적인 것 같기도 했다. 어쩐지 대단한 것 같기도 하고 스스로 이런 느낌을 아는 것 같기도 하고 거기에 영향을 받기 쉬운 것처럼 느껴지기도 했다. "형식을 변형 속에 끼워 넣기Putting The Form In Transformation"라는 제목에서 정관사와 전치사 첫 글자를 대문자로 처리했다는 사실*에 나는 내가 당신에게 영향을 받기 쉬운 동시에 당신을 자랑스러워하고 있다고 느꼈다.

나는 당신의 〈형식에 관하여〉 강연을 읽고 있었다. 그러니까 그 도입부를 훑어보고 있었다. 우리가 브라이턴에 올 때 우리 둘 중에 한 명이 그 자료를 가지고 왔다. 그건 물론 나다. 지금 내 옆에서 난해한 수면 자세로 누워 있는 당신은 존재하지 않는 사람이었다. 거기에 없었다. 그렇지만 침대에서 내가 눕는 쪽에 있는 보조등 옆에, 나의 《올리버 트위스트》와 자선가게에서 훔쳐 온 책 아래에 〈형식에 관하여〉의 자료는 존재했다. 등을 켰을 때는 새벽 4시 30분이었고 나는 깨어 있었다. 또다시 예전에 그랬던 것처럼 한밤중에 끝마치지 못한 무언가에 대해 고뇌하는 당신을 향해 나는 깨어 있었다. 힘내, 나는 다시 한 번 말했다. 셰익스피어의 시행을 사용해봐. 나는 그 말로 당신을 사실상 웃게 만들었다. 내 생각에 당신은 이 얘길 당신의 강의에도 썼던 것 같다. 아마 그건 이 강의였던 것 같다.

* 일반적으로 제목을 표기할 때 the나 in과 같은 정관사와 전치사는 첫 글자를 대문자로 처리하지 않는다는 규칙과 다르게 표기한 방식을 두고 한 말.

나는 페이지를 휙휙 넘겼다. 심장이라는 단어에 시선이 꽂혔다. 그 단어는 한 인용구에 있었다. *아아, 심장은 은유가 아니다—단지 은유이기만 한 것도 아니다.* 좋은 인용문이었다. 마음에 들었다. 그건 사실이었다. 엘리자베스 하드윅이라는 사람이 쓴 것으로 제목에 "잠 못 드는"이라는 단어가 포함된 책의 91페이지에 있는 문장이었다. 내가 어릴 때 우리는 학교에서 문법 학습을 위해 미국식 읽기 시스템을 통해 교육을 받았다. 그 시스템에서 학생은 학급에서 어느 정도의 등급에 있는지 색깔로 표시해 알려주는 읽기 자료를 받았다. 예를 들어 오렌지색을 읽는 학생은 하위권에 가까워 가장 쉬운 수준을 읽었고, 아쿠아, 실버, 골드가 차례로 가장 어려운 것을 읽는 상위권에 속했다(마치 일종의 계급을 만드는 일을 좀 더 견딜 만한 것으로 만드는 것 같았고, 마치 오렌지색에 속하는 것에 대해 그게 정확히 무엇을 말하는지 우리가 모른다는 것 같았다). 선생님은 학습할 내용이 적힌 코팅된 종이를 우리에게 나눠주며 그 내용에 대해 그 어떤 것도 소리를 내서 말해준 적이 없었다. 그래서 몇 년 동안 난 메타포[은유]가 메타볼리즘[신진대사]이라는 단어처럼 타에 강세를 주어 발음하는 것으로 알고 있었고, 시멀리[직유]라는 단어는 스마일[미소]을 띄고 압운을 발음하는 건 줄 알았다.

코팅된 종이 뒷면에는 항상 질문이 있었는데 종이 앞면에 프린트된 인용문의 직유와 은유에 관한 질문이었던 것으로 기억한다. 나는 내가 커서 장사 밑천이 직유와 은유인 사람과 결혼하게 될 거라는 걸 전혀 알지 못했다. 커서 누군가와 결혼하게 될 거라는 것도 알지 못했다.

시멀리, 당신의 심장이 무너질지라도.* 이 곡의 가사를 찰리 채플린이 썼던 것으로 기억한다. 그래서 찰리 채플린이 기계의 역학에 몰려 일하는 노동자 역할을 수행했던 〈모던 타임즈〉의 한 장면이 머릿속에 떠올랐다—찰리 채플린이 그 안에서 어찌하지 못하던 순간이 아니라 기계에서 해방된 뒤 마치 자기 자신에게서도 어딘가 어긋나 해방된 것처럼 보이던 순간이었다. 거기서 그는 완전히 정신이 나간 것처럼 스패너 두 개를 수사슴의 뿔처럼 머리까지 들어 올린 채 춤을 추고 기계에서 해방됐다는 것이 그를 미치광이 같은 신화적 존재, 말하자면 고대 그리스 로마 그림에 나오는 파우누스,** 판으로 변모시켜버린 것 같았다.

그렇다면, 은유는 형식에 관한 것이었을까, 그리고 직유도? 어떻게 그럴까? 나는 페이지 아래를 흘끗 보았다. *은유를 위한 연결사*The copula of metaphor. 흥미로운 단어였다. 성적으로 들렸다.*** 이런 생각을 하는 게 좀 우스울 수 있지만, 나는 직유에 라이크like가 포함된다는 걸 알고 있었지만 은유에 러브love가 포함될 수 있다는

* 찰리 채플린의 영화 〈모던 타임즈〉의 사운드트랙으로 사용되었던 「스마일」의 가사 중 "Smile, though your heart is breaking(웃어요, 당신의 심장이 무너질지라도)"에서 smile(스마일)을 simile(시멀리, 직유)로 바꾼 말장난.

** 고대 로마 신화에서 숲의 신이자 목축의 신으로, 허리 위쪽은 남자의 모습이고 염소의 다리와 뿔을 가졌다. 그리스 신화의 '판'에 해당한다.

*** copula의 파생어 copulation에는 '연결'과 더불어 '성교' '교미' 등의 뜻이 있다.

생각은 해본 적이 없었다.* *내 마음은 노래하는 새와 같다.* (…) *내 마음은 사과나무 같다.* (…) *내 사랑이 나에게 왔기 때문에.* 그러니 직유에도 역시 사랑이 포함되어 있는 것 같다. 글쎄, 그 남자인지 그 여자는 운이 좋았던 것 같다. 사과나무와 같은 마음을 지니고 있었다니 말이다. 일개의 부러진 사과나무도 무엇을 해야 할지 알고 있다. 약간의 도움만 있다면 다시 일어나 다시 열매를 맺을 수 있을 것이다. 최악의 폭풍우 피해 후에도 나무는 부러진 와중에 초록빛을 띤 무언가가 조금이라도 있다면 치유되고 호전되어 계속해서 성장할 수 있다. 그러니까 말하자면, 오직 다섯 가지 정도의 사과 종만 판매하고 싶어 하는 슈퍼마켓의 판매 정책 때문에 말 그대로 영국 제도의 최근 역사에서 사라져버린 수천 종의 사과나무 중 하나와 같은 심정이 아니라면 말이다.

자칫 죽어 사라져버렸을 수도 있던 나무가 열매를 맺는 그런 심정을 갖는다는 것, 그건 아마 특별한 일일 것이다. 나는 이 섹션에 나무에 관한 이야기가 많다는 걸 발견했다. 당신이 이것을 쓰고 있었을 때—내가 지금 읽고 있는 바로 이 단어들을 당신이 적고 있다는 사실을 전혀 모른 채 나는 옆방에서 신문을 읽거나 뉴스를 보고 있었겠지만—당신이 나무에 관한 이런 얘기에 도달하면서 나 또는 나의 직업, 내 장사 밑천에 대해 조금이라도 생각을

* like에 '좋아하다'라는 의미와 '~와 같은'이라는 의미가 있다는 점을 활용한 표현이다.

했을지 궁금했다. 여기에는 신과 잠자리를 하고 싶지 않아 나무로 변해버린 여자에 관한 묘사, 평생 죽지 않고 영원히 함께하기 위해 나무로 변한 고대의 커플에 관한 묘사도 있었다. 아름다웠다. 오비디우스의 작품에 나오는 얘기였다. 집에 도착하면 오비디우스의 책을 찾아 읽어봐야겠다. 아마 그 책이《올리버 트위스트》를 다 읽고 나서 그다음에 읽을 책이 될 것이다.《올리버 트위스트》를 언젠가 다 읽게 된다면 말이다.

나는 에즈라 파운드에 관한 부분을 읽기 시작했다. 나는 사실 당신의 이야기에서 에즈라 파운드를 발견한 게 놀라웠다. 왜냐면 그 사람이 반유대주의 파시스트 노친네이고 그런 점 때문에 감옥에 갇혔었다고 당신이 나에게 말했던 걸 기억하고 있었기 때문이다. 그런데 그 사람이 여기 등장한 것이다. 에즈라 파운드의 시를 인용한 게 있었다. *나는 가만히 서 있는 숲속의 한 그루 나무였다, / 이전에 보이지 않던 것들의 진실을 안다,* 그리고 그 뒤에 긴 인용문이 있었다.

> 첫 번째 신화는 한 남자가 전적인 '난센스'에 맞닥뜨렸을 때 발생했다. 말하자면 남자가 매우 생생하고 부정하기 어려운 모험에 맞닥뜨리고 나서 다른 누군가에게 그 일에 대해 말하자 거짓말쟁이라는 말을 들었을 때이다. 그러한 쓰라린 경험 이후 남자는 자신이 '나무로 변했다'고 누군가에게 말한다 해도 그가 무슨 말을 하는지 누구도 이해할 수 없을 것이라는 것을 깨닫고 신화를 만들

> 었다—그게 바로 예술 작품이다. 그러니까 남자가 느낀 감정을 엮어 만든 일반적이고 객관적인 이야기, 단어로 조합해낼 수 있는 가장 가까운 등식으로 창조해낸 것이다. 그 이야기는 어쩌면 강도가 조금 약해졌을지 모르지만, 그가 느낀 것과 비슷한 감정을 다른 이들에게 불러일으켰다.

그리고 휘갈겨 쓴 글자가 몇 줄 있었다. 나는 그걸 읽을 수 없었다. 그리고 다시 알아볼 수 있게 된 부분에 당신의 의견인 것 같은 글이 있었다. *은유의 목적이 무엇일 수 있는지 제안, 만약 "따뜻함이 시 한 편의 본질"이라면, 그리고 다음과 같이 끝나는 기도의 형식을 인용.*

> 오, 신이시여, 작게 하소서
> 오래된 별을 삼킨 하늘의 담요가
> 저를 감싸게 하고 그 안에 편히 누울 수 있도록.

반면 플로베르와 같은 작가는(당신의 말이 이어진다) 매우 정확하고 예리하게 의인화라는 손쉬운 은유를 지양했던 것 같다. 《마담 보바리》를 가장 최근에 영역한 번역가 중 한 명인 리디아 데이비스는 다음과 같이 적었다. "플로베르는 소재를 대함에 있어 순수하고 분석적이기까지 한 그의 접근 방식에 따라 은유를 절제하기 위해 스스로 훈련했다. 종종 플로베르의 치열한 고쳐쓰기로 인해 그가 잘라낸 버전은 그가 그대로 두기로 용인한 것보다 더욱 시적으로 표현되기도 했다." 상당 부분 문학의 책임에 관한 소설인 《마담 보바리》에서 플로베르는 은유를 사용할 때 글자 그대로 해석하기 위해 노력한다.

> 그녀는 믿었다. 사랑, 그것은 반드시 엄청난 천둥 번개와 함께 갑자기 와야 한다고 믿었다. 그러니까 천국의 허리케인이 삶에 드리우고, 삶을 뒤엎고, 의지를 나뭇잎처럼 갈가리 찢어놓고, 온 마음을 빼앗아 혼돈에 이르게 하는 식으로 와야 한다고 믿었다. 그녀는 배수관이 막히면 집의 테라스에 빗물이 고여 물웅덩이가 생기는 걸 알지 못했고, 그렇게 그녀가 벽에 생긴 균열을 갑자기 발견하지 못했다면 상당한 안정감을 느끼며 살아왔을지도 모른다.

플로베르는 은유에는 평범한 문자 그대로의 결과가 있다고 말한다. 《마담 보바리》에서 가장 뛰어난, 가장 유명한 은유라고 할 수 있는 부분은 유혹자 로돌프가 엠마와의 불륜의 가치를 평가하는 장면에서 드러나는데, 이는 형식이 고정되거나 클리셰가 될 때 빠르게 변하는 플로베르의 시각을 암시한다. 플로베르가 말하고자 하는 바는 형식이 의미가 있거나 어떤 의미를 계속해서 전달할 수 있기 위해서는 반드시 그 자체를 재창조해야만 한다는 것이다.

그는 그런 말을 너무 자주 들어봐서 그다지 새로운 느낌이 들지 않았다. 엠마는 다른 모든 정부들과 비슷했다. 그래서 새로움이라는 매력은 옷자락처럼 점점 스르륵 벗겨져버리고, 항상 같은 형식의 같은 언어뿐인 영원히 단조로워지기만 하는 열정만이 그 모습을 고스란히 드러냈다. 이 사내는 그토록 폭넓은 경험을 해봤음에도 불구하고, 동일한 표현의 근저에 있을 수 있는 감정의 차이는 분간해낼 줄 몰랐다. 이미 음란하거나 돈에 팔린 입술들이 그에게 똑같은 말을 속삭였기 때문에 그는 그런 말의 진실성에 대해 믿음이 거의 없었다. 그래서 그는 별것도 아닌 애정을 숨기고 있는 과장된 말들을 적당히 걸러서 들어야 한다고 생각했다. 그는 충만한 영혼이 때로는 가장 공허한 은유에서 흘러넘친다는 사실을 외면했다. 하지만 그 누구도 자신의 욕구나 생각, 슬픔 들이 정확히 어느 정도인지 결코 표현해낼 수 없으며, 인간의 말이라는 것은 금 간 주전자와 같아서 기대하기로는 그걸 두드려 별까지 감동시키고 싶지만 정작 곰이나 춤추게 할 수 있을 뿐이다.

문자 그대로의 결과라는 이번 주제에서 플로베르의 형식적 불신이라는 형식, 좋든 나쁘든 언어의 형이상학적인 변형에 관한 그의 관심은 소설을 완전히 재창조한 사람인 W.G. 제발트의 글에서 확인할 수 있다. 제발트의 마지막 작품인 《아우스터리츠》는 틀림없이 그의 작품 중 가장 소설다운 소설인 동시에 픽션이라는 개념과 이 작품이 픽션이라는 개념 자체가 상당히 불편한 작품이다. 강제수용소 테레친과 가혹한 연결성에 관한 열한 페이지에 걸친 단일 문장은 가장 기교적이고, 가장 굴곡지고, 가장 난해한 구문인데, 이 구문은 여기서 언어와 산업화된 대량 살인 두 가지 모두와 평행을 이룬다. 작가는 "지금 시골 지역을 휩쓴 소나기에 등이 굽어 이리저리 흔들리는 갈대"라는 직유를 *오직 한 번* 사용해 오랜 시간 동안 혹독한 겨울 날씨 속에서 계급화된 줄에 강제로 서게 된 수용자를 묘사한다. 이 부분 바로 다음에, 나치가 적십자사 방문객으로부터 이익을 얻기 위해 가증스럽게 페인트 작업을 준비시키고 캠프를 휴가지처럼 보이도록 변신시키는 장면은 직유에서 살짝 벗어나 추론에 가깝게 이루어지는데, 진실을 말하는 것이 목적인 소설이라 이러한 조작이 가능해진다.

"시의 정수에는 어딘가 점잖지 못한 구석이 있다"고 체스와프 미워시는 그의 시 〈시의 기법Ars Poetica?〉에서 말한다.

> 우리 안에 지니고 있었던 줄도 몰랐던 일이 발생하니,
> 우리는 눈을 껌뻑인다, 마치 호랑이 한 마리가 튀어나와
> 조명 아래 서서 꼬리를 맹렬히 흔들기라도 하는 것처럼…
> 시의 목적은 단지 한 명의 사람으로 살아남는다는 것이
> 얼마나 어려운지 우리에게 일깨워주기 위한 것이다.
> 우리 집은 열려 있고, 문에는 열쇠가 없으며,
> 보이지 않는 손님이 마음대로 드나들 수 있기 때문이다.

> 내가 여기서 말하는 건, 그렇다, 장르로서의 시가 아니다,
> 시라는 건 참을 수 없는 강박과 악한 영혼이 아니라 선한 영혼이
> 그 도구로 우리를 선택하기를 바라는 마음에 의해서만
> 드물게 그리고 마지못해 쓰여야 하기 때문이다.

미학적 행위에서 무언가는 생명을 얻는다. *생명을 얻는다*comes to life는 여기에 딱 맞는 표현이다. 이는 생명에서 분리되고 떨어져 있는, 어딘가 다른 곳에서 온 잉여의 무언가와, 생명이 투여되는 행위 가운데 살아 있지 않은 무언가를 둘 다 암시한다. *생명에 이른다*brought to life는 표현도 이런 똑같은 이중의 암시를 취한다.

그레이엄 그린은 《전쟁과 평화》를 읽고 말했다. "다 읽었을 때 이런 생각이 들었다. 글을 다시 쓴다고 무슨 의미가 있을까—이 작품이 이미 존재하는데. 이 책은 어떤 훌륭한 나무 같았다. 계속해서 변화하고 스스로 진화한다." (그렇다고 해서 그린이 글쓰기를 그만두었던 건 아니다.) 캐서린 맨스필드는 자신이 갖고 있던 D.H. 로런스의 《아론의 지팡이》 판본에 메모 형식으로 다음과 같이 적었다. "이 책에는 내가 좋아하지 않는 특정한 부분들이 있다. 하지만 그런 것들은 중요하지도 않고 실제로 이 책의 일부분을 차지하는 것도 아니다. 그런 점들은 아주 사소하고, 파묻혀 있고, 이파리 밑바닥의 달팽이처럼 거기에 매달려 있을 뿐이며—그뿐이다—, 어쩌면 희미하게 빛나는 흔적, 그러니까 어떤 어리석음으로 누군가가 움츠러들게 만드는 오점을 남기는지도 모른다. 하지만

그런 점들과 별개로 그 잎은, 그 나무는 단단히 자리를 잡고 강력히 내뻗고 펼쳐지고 당당하게 자라고 있으며 모든 가지에 생명력이 넘친다. 이 책을 읽는 모든 순간 나는 이 책이 나를 만족시키고 있다고 느꼈다."

3. 나를 확산 속에 끼워 넣기
: 형식과 다양성

이 섹션은 형식을 갖추었다고 말하기 어려웠다. 그저 손으로 쓴 메모뿐이었다. 호텔 전체의 가치를 구성하는 모든 개별 존재가 결합해 단 하나의 단일한 존재를 만들어내는 것에 관한 캐서린 맨스필드의 문구, 그리고 하나 이상의 성별을 가진 존재가 되는 일의 불가결한 중요성에 관해 쓴 버지니아 울프의 다음 메모도 있었다. "순전히 남성 또는 여성이 되는 것은 치명적이다. 사람은 남성적인 여성 또는 여성적인 남성이 되어야만 한다. (…) 반대되는 성 사이의 결합이 완성되어야 한다." 그리고 한 이름에 밑줄이 그어져 있었다. 쿠사마. 일본인인가? 그 이름 다음에 인용문이 있었다. "나를 두렵게 하는 것들의 형식을 계속해서 재생산함으로써 나는 그 두려움을 억누를 수 있다."

당신의 메모로 미루어볼 때 쿠사마는 20세기 일본인 화가였으며, 21세기인 지금까지도 그림을 그리고 있는 사람이었다. 당신은 쿠사마가 젊은 시절 아티스트가 되고자 하는 야망을 꺾지 않자 격분한 그녀의 어머니가 팔레트를 방 건너편으로 걷어찼던 일에 관한 이야기를 적어두었다. 분명 물감이 사방으로 쏟아졌을 것이다, 라고 당신은 적었다. 그리고 당신은 결국 쿠사마가 하게 된 일은 캔버스에만 마크를 그리는 것이 아니라 캔버스 가장자리 너머 나머지 방 공간에까지 자신이 그려넣고 있던 마크와 색을 그려 넣는 것이었다고 적었다. 쿠사마는 그물 형태와 물방울무늬, 매우 작은 점과 휘갈긴 곡선을 사용해 작업했고, 곡선의 경우 아주 작은 물고기 또는 정자 또는 세포 또는 난자 또는 눈 또는 미생물 또는 초소형 행성처럼 보였으며, 그녀는 이런 형식으로 거대한 캔버스를 뒤덮곤 했는데(그러고 나서 캔버스 가장자리 너머 나머지 공간에까지 진격해 나갔다), 관객은 그게 기계적이고 반복적이며 모두 동일해 보인다고 생각하곤 하지만 자세히 뜯어보면 각각, 그리고 모든 것들이 분명히 다르다는 것을 알게 된다.

그다음에 당신은 단 하나의 단어, 세잔을 대문자로 적고 나머지 페이지를 공란으로 남겨두었다. 다음 페이지는 〈형식에 관하여〉의 마지막 페이지였는데 거기엔 아무렇게나 휘갈겨 쓴 글자가 있었고 읽기 어려웠다. 이탤릭을 말하는 건가? 이탈리안? 커민? 이탈리안 커민은 자신의 책 《여섯 개의 메모》의 거의 끝부분에서 알파벳 글자, 단어, 문학 작품은 조합, 즉 "기호로 이루어진 페이지로 모래의 교차groin [입자grain를 말하는 걸 거다]가 가능한 한 최대한 밀접하게 가득 채워져 있으며, 사막 바람에 의해 [갈라진?] 모래

언덕처럼 항상 같지만 항상 다른 표면에 다양한 색상으로 존재하는 광경을 나타내는 것"이라고 말한다. 아, 칼비노였구나, 이탈로 칼비노였다. 휘갈겨 쓴 글자 아래에 오려낸 사진이 스테이플로 고정되어 있었는데 그 아래쪽에 이름이 있어 알 수 있었다. "*자아* 밖에서 잉태된 작업을 수행한다는 것이 어떨지 생각해보라. 즉, 개별 자아의 한정된 관점에서 벗어나게 해주는 작업으로서, 우리 자신의 자아 속으로 들어가는 것뿐 아니라 언어가 없는 대상에게 말을 하게 하는 것, 물받이 끄트머리에 앉아 있는 새에게, 봄의 나무와 가을의 나무에게, 돌덩이에게, 시멘트에게, 플라스틱에게…"

스테이플은 녹이 슬었고, 난 우리 집 서재의 습도 상태가 궁금해졌다. 나는 인쇄된 글자 옆에 당신의 글이 놓여 있는 방식을 보았다. 그 둘을 함께 놓고 보니 글쓰기라는 것이 무엇인지 생각하게 되었다. 당신의 글은 읽기가 매우 어려웠다. 그러니까 당신 글은 항상 읽기 어렵기는 했지만, 당신 인생의 이 시기에 쓴 글은 확실히 특히 더 어려웠다. 당신이 이 메모를 적던 바로 그 시기 말이다. 글을 쓰는 게 얼마나 고통스러웠을지 알 것 같았다.

그런데 그 구부러진 모양이라니, 돌연 멋지게 등장한 그 기울어짐이라니. 당신이 쓴 y와 당신의 g. 알아볼 수 있는 글자는 하나도 없었지만 연필로 그린 선과 representing 끝의 ing가 만나는 방식이라니. 누구도 이런 손글씨를 갖고 있지 않았다. 당신의 손에 의해서만 가능한 글씨였다.

나는 침대에서 일어나 노트북으로 가 그것을 열었고, 그러자 불이 즉시 들어왔다. 나는 쿠사마라는 단어를 입력했다. 나는 당신이 자는 형상을 돌아보았다. 어둠이 속임수를 쓰고 있는 것만 같았다.

그림붓을 쥔 젊은 여자가 허리 정도 오는 깊이의 강인지 호수에 서 있는 사진이 화면에 나타났다. 그녀는 정말 말 그대로 강을 칠하려고 하고 있었던 걸까? 그녀에게서 한 움큼 뿜어져 나온 붉은 얼룩이 물에 퍼져 사라져가고 있었다.

그러자 어쩌면 내가 당신을 대신해 그 부분을 채워줄 수 있을지도 모르겠다는 생각이 들었다. 당신이 갖지 못했던 세잔에 대해 말할 기회를, 당신이 대문자로 세잔이라는 단어 아래 남겨 두었던 공간을 말이다.

나는 당신이 세잔이나 세잔의 작품에 대해 무슨 말이라도 한 적이 있었는지 기억해내려 애썼다. 나는 우리가 세잔의 그림을 몇 점 본 적이 있었고, 당신이 그 작품들을 아주 좋아했었다는 것을 알고 있었다. 우리는 런던의 한 대형 건물에 있는 조용한 갤러리에 걸린 그의 그림 앞에 서 있었다. 가장 아름다운 그림들로 가득한 장소였는데 우리 말고는 그림을 보고 있는 사람이 거의 없었다. 당신은 나에게 세잔에 관한 이야기를 해주었다. 세잔이 분노해 캔버스를 난도질하고 태워버린 이야기, 세잔의 아이가 그림에 구멍을 냈을 때 세잔이 기쁨에 가득 차 이것 봐! 이 애가 그림에 창문을 냈어! 얘가 굴뚝을 낸 거라고! 라고 외쳤던 이야기. 어느 날 세잔이 작업하고 있던 무언가를 자신의 집 꼭대기 층 창문

밖으로 던진 이야기도 있었다. 그건 당시 그가 연구하고 있던 사과였다. 사과는 창문 아래 있던 과일나무의 가지로 떨어졌고 세잔은 그걸 몇 주간 그대로 두었다. 그러다 어느 날 그것을 올려다보다가 다시 쳐다보며 아들에게 가서 사다리를 가지고 오라고 했다. 사과가 충분히 익어 작업하기에 좀 더 알맞아졌기 때문이었다.

당신이 내게 이 말을 할 때 우리 앞에 있던 그림은 호수와 나무가 있는 그림이었는데 그 그림은 온통 초록색으로 가득했다. 그게 거의 내가 기억하는 전부이다. 그 초록초록함. 나는 당신이 이 그림에서는 모든 게 똑같이 중요하거나 중요하지 않게 다루어지고, 모든 색의 조각 아니면 가볍게 튄 색이 얼마나 다른 것들만큼 중요한지, 그리고 바로 그게 이 그림이 형태를 만드는 방법이고, 그 역시 중요한 부분이며, 우리는 이게 그림이라는 것, 만들어진 무언가라는 걸 알고 *있었*음에도 불구하고 세잔이 그림을 보는 사람들에게 바랐던 건 물감에서, 색에서, 표면에서 그림이 어떻게 형성되었는지를 보고 나서야 나무나 호수에 관해 생각하는 것이었다고 말했던 게 기억난다. 그런 방식으로 그 기법은 그림 자체뿐 아니라 그림 속의 장소를 생생하게 살아 있게 만들었다. 그런 방식으로 우리는 그 그림이 우리에게 어떤 거짓을 말하고 있지 않다고, 우리를 현혹하고 있는 게 아니라고, 그건 진짜라고 느꼈다.

세잔이라는 글자 아래에, 당신 글자 옆에 있는 공간에 나는 나만의 손글씨로 다음과 같이 대신 적었다.

*나는 찰스 디킨스의 소설《올리버 트위스트》를 읽고 있었다. 대충 반 정도 읽은 것 같다. (방금 올리버가 팔에 총을 맞았는데, 그런 일이 있었는지 완전히 잊어버리고 있었던 내용이었다.) 이 작품에서는 초록색에 관한 내용이 자주 나오는데 나는 그것을 읽는 게 흥미로웠다. 아트풀 다저*가 올리버를 만났을 때 사실상 처음으로 불렀던 이름이 '그린'이며, 다저가 페이긴의 집에 돌아가 소년들에게 올리버가 온 곳이라고 말했던 지역이 '그린란드'이고, 찰리와 다저가 녹색 코트를 입은 남자인 미스터 브라운로에게 소매치기를 했을 때 올리버가 그 절도 행위를 처음으로 목격하고 이후의 소동에 대해 비난을 받은 장소가 '더 그린'이다. 이는 미스터 브라운로와 올리버가 서로 알 수도 있고 알지 못할 수도 있는 사이라는 것을 암시한다.*

나는 호텔 연필을 내려놓고 침대 옆 캐비닛으로《올리버 트위스트》를 가지러 갔다. 나는 페이지를 휙휙 넘겨 올리버와 다저가 만나는 순간을 찾았다.

* 잭 도킨스 혹은 존 도킨스라는 인물은 소설에서 '아트풀 다저'라는 별명으로도 불린다. '아트풀(artful)'은 '교묘한, 교활한, 솜씨 좋은'이라는 뜻이고, '다저(dodger)'는 '사기꾼, 책임 회피자' 등을 뜻한다. 국내 번역본에서는 '아트풀 다저'를 '교묘한 미꾸라지', '교활한 미꾸라지', '꾀돌이 얍생이' 등으로 옮기고 있으나, 본서에서는 해당 단어의 발음을 단순 한글 표기했다.

"어이, 친구! 무슨 일이야?" 희한한 차림새의 어린 신사가 올리버에게 말했다.

"너무 배가 고프고 피곤해." 올리버가 대답했다. 말하면서 눈에 눈물이 가득 고였다. "오래 걸어왔거든. 일주일 동안 계속 걸어왔어."

"일주일이나 걸었다고!" 어린 신사가 말했다. "아, 알겠다. 매부리가 시킨 거지, 맞지?" 올리버의 놀란 표정을 알아채고 어린 신사가 덧붙였다. "근데 너, 매부리가 뭔지 모르는 것 같은데, 어중이 친-구?"

올리버는 새의 주둥이에 대해 지금 그 단어를 쓰는 걸 자주 들었다고 상냥하게 대답했다.

"저런, 순진한 것 좀 봐!" 어린 신사가 외쳤다. "왜, 매부리는 치안판사를 말하는 거잖아. 매부리의 판결로 걸음을 걷게 되면 결코 곧장 앞으로 가지 못하지. 항상 올라가기만 하고 절대 다시 내려오지 못해. 물레방아*에서 걸어본 적 없어?"

나는 글자 그대로[literality]가 은유를 만난 것 같다고 생각했다. 아니다, 이건 진짜 사과가 세잔의 사과를 만난 것과 같았다. 다저가

* Penal Treadmill. 19세기 영국에서 행해졌던 형벌의 일종으로 죄수들이 계단 형태의 바퀴를 끊임없이 오르게 해 동력을 얻고 그것으로 옥수수를 빻거나 물을 펌프질하는 데 사용함.

서로 다른 언어를 한꺼번에 사용하는 것과 같았고, 올리버가 매부리에 하나 이상의 의미가 있을 수 있다는 점을 이해*했어야만 하*는 것 같았다. 물레방아도 마찬가지고 저 문단 이후에 나오는 돌항아리, 까치 따위의 단어도 마찬가지였다. 모든 것은 원래의 의미 그 이상이 될 수 있다. 모든 것은 '실제로' 원래의 의미 그 이상이다. 단어가 문자 그대로의 것 그 이상일 수 있다는 것을 올리버가 이해하면, 올리버의 성은 그 자신의 이야기에 반전[twist]이 된다. 마침내 집이 없고 길을 잃은 소년의 진정한 정체성이라는 제대로 된 결말을 전달할 수 있게 되는 것이다. "우리는 친구들에게 알파벳순으로 이름을 붙여. 마지막이 S, 스워블이었어, 내가 걔 이름을 지어줬지. 이번엔 T, 트위스트야. 내가 *얘* 이름을 붙여줬어." 무작위로 붙여진 것과는 거리가 먼 것 같은 올리버 트위스트라는 이름은 실제로 언어의 소재, 단어를 쓰는 데 기본이 되는 알파벳 순서에 의해 만들어졌다.

저런, 순진한 것 좀 봐! 나는 이 부분이 좋았다. 비록 이 이야기를 알고 있었지만, 다시 읽으니 그 안에 있는 줄 미처 인식하지 못하고 있던 부분을 발견하게 되었다. 나는 트위스트가 '아트풀'을 만나면서 다채로운 언어에 대해 상당 부분 이해하기 시작한 *덕분에* 책이 실제로 살아 숨 쉬게 된 것이 좋았고, 디킨스가 다저를 변화하는 가능성의 산물로 보았던 것처럼 그를 다양한 이름으로, 그러니까 아트풀, 다저, 아트풀 다저, 잭 도킨스, 미스터 존 도킨스라고 부른 게 좋았다. 나는 아트풀 다저의 젖혀 쓴 모자가 항상 그의 머리 꼭대기에서 위태로우면서도 여전히 그곳에 머무르며 절대 떨어지지 않는 게 좋았는데 이건 전부 조화에 관한 이야기였다. 나는 페이긴과 소년들이 올리버에게 극장에 대해 가르치던 것, 공연을 통해 올리버에게 도둑질을 아주 익살스럽게 가르치던 것이 좋았다. 올리버는 매우 비참하게 살아온 존재이자 소설 속에서 그 순간까지 굉장히 많이 울고 두려움에 떨다 실신하기까지 한 소년이었지만, 그들의 공연을 보며 앉아 웃다가 새로 뜨인 눈에서 마침내 눈물이 터져나오게 된다.

나는 호텔의 사무용 책상에서 잠들었고 잠에서 깨어났을 때는 아침이었다. 창문 블라인드 뒤의 브라이턴은 매우 밝았고, 간밤에 내 안의 근원적인 무언가가 완전히 바뀌어버린 게 분명히 느껴졌다. 왜냐면 내가 저 블라인드를 올렸고, 창문을 열었고, 하늘을 올려다보았고, 세수를 했고, 아침을 먹었고, 바람을 쐬러 나가 해안 산책로를 따라 걷다가 내가 상투적인 삶을 살고 있다는 것을 생각하게 됐고, 그러다 내가 혼자라는 사실이 문득 나를 덮쳐왔기 때문이었다.

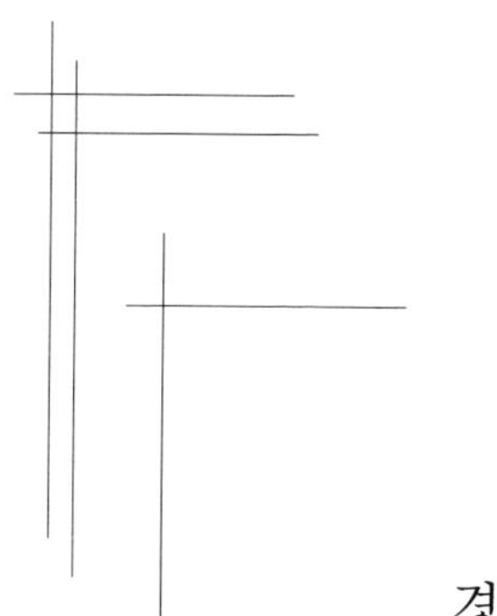

제3장

경계에 관하여

상실의 기술은 터득하기 어렵지 않다,
수많은 것에는 상실의 의도가 가득한 것 같아서
그러한 것들의 상실은 재앙이 아니다.

무언가를 매일 잃는다. 잃어버린 현관 열쇠로 인한
혼란스러움, 불안하게 흘러간 시간을 받아들인다.
상실의 기술은 터득하기 어렵지 않다.

그리고 더 멀리 잃고, 더 빠르게 잃는 연습을 한다.
장소와 이름들, 여행하고 싶었던 장소가 어디였는지도.
이런 것들 중 그 무엇도 재앙이 되지 않을 것이다.

나는 어머니의 시계를 잃어버렸다. 그리고 보라! 내가 사랑하는
나의 집 세 채 중에 마지막 또는 그전의 집도 없어졌다.
상실의 기술은 터득하기 어렵지 않다.

나는 두 도시를 잃었다, 사랑스러웠던 곳들. 그리고
내 것이었던 광활한 영토도 잃었다, 두 줄기 강, 어느 대륙.
나는 그것들이 그립지만, 재앙은 아니었다.

—당신(그 장난 섞인 목소리, 내가 사랑했던 몸짓)을 잃는
것조차 그러했지. 난 거짓말을 하지 말았어야 했다. 상실의
기술은 터득하기가 그리 어려운 것은 아닌 게 분명하다
비록 (*받아 적으시라!*) 재앙처럼 보일 수는 있다 해도.

_엘리자베스 비숍, 〈하나의 기술One Art〉

한겨울의 어느 날 나는 집에 오다가 길에 멈춰 섰다. 내가 굳이 집에 가고 있는 그 이유를 알 수 없었다. 나는 길을 건넜다. 집과는 반대 방향으로 가는 버스가 오고 있었다.

지붕이 있는 버스 정류장에 열다섯 살쯤 되어 보이는 소년이 한 명 있었다. 남자애는 이 추운 날씨에 재킷도 입지 않고 있었다. 남자애의 코에서는 콧물이 흐르고 있었다. 팔은 추위에 창백해져 있었고, 난 그게 남자애가 티셔츠를 입고 있어서라는 걸 안다. 티셔츠에는 이런 단어들이 적혀 있었다. "난 너무 망가져서 주의를 기울일 수조차 없네."

버스가 왔다. 가슴에 망가졌다는 단어가 쓰여 있는 남자애가 버스에 올라탔다. 나는 그 애가 있던 자리에 앉았다. 버스 정류장에서 사람들이 걸터앉을 수 있게 되어 있는 플라스틱 받침대가 남자애의 온기로 여전히 따뜻했다.

나는 인도를 내려다보았다. 남자애가 피우고 있던 담배에서 떨어진 담뱃재가 남자애의 발이 있었던 자리에서 바람에 날리고 있었다. 나는 길 건너편의 보험 사무실 앞 도로에 시에서 줄지어 심어 놓은 뼈만 앙상한 어린 나무를 쳐다보았다. 평범한 나무들이었다. 도시의 나무들은 훌륭하다. 나무는 나뭇잎의 겉을 어떤 물질로 뒤덮는다. 그러니까 어떤 오염 물질이 섞인 비가 내릴 때마다 나뭇잎에 모이게 되는 무언가를 그대로 미끄러뜨려 없애버린다. 저기 있는 가냘픈 어린 나무들조차 겨울을 훌륭하게 날 것이다.

나무에 관한 얘기를 좀 해보자면 나무는 무엇을 해야 하는지 안다. 잎이 색을 잃으면, 그건 시간이 되어 죽어가고 있기 때문이 아니라 저 멀리 가지 위에 있는 잎에 저장해두고 있던 영양분을 나무가 다시 거두어들이기 때문이다. 그리고 가을에 잎이 색을 바꾸는 이유는 나무가 겨울을 준비하기 때문이고 나무가 스스로 저장해둔 체력으로 스스로를 채워 계절을 견딜 수 있도록 준비하기 때문이다. 그리고 영리한 나무는 그 이후에도 계속해서 이루어지는 성장 과정에서 사용한 잎을 말 그대로 밀어내 떨어뜨린다. 하지만 성장의 과정에 있는 나무도 겨울 동안 스스로를 보호해야 하기 때문에 나무는 잎이 있던 가지나 잔가지에 있는 조그만 상처를 코르크 물질로 채워 추위와 박테리아로부터 스스로를 보호한다. 그러지 않으면 잃어버린 모든 잎은 나무에게 개방된 상처가 되는 것이고, 하나의 나무는 수천 개의 조그만 상처로 뒤덮이게 된다.

영리한 나무. 모든 걸 다 아는 체하는 나무. 나는 나무에 진저리가 났다. 나는 하늘을 올려다보았다. 그게 거기 있었다, 항상 그랬듯이, 언제나 그럴 것처럼. 무심히 있었다. 그 무엇을 바라보는 시선도 없이 그저 자기 자신만이 존재했다. 저 1월의 하늘색 칼로 나를 잘라 열면, 치즈를 자르는 와이어만큼 날카롭고 가늘고 긴 하늘의 한 조각을 가지고 여기 내 머리 꼭대기에서부터 중앙을 갈라 내려오면 그 안에 무엇이 있을까?

나는 의사에게 가서 애도와 관련해서 도움이 필요하다고 말했었다.

자신이 어떤 한계에 다다랐다고 생각하세요? 의사가 말했다. 만약 그렇다면 상담사와 함께하는 무료 세션에 여섯 번 참여하실 수 있어서요.

상담사는 *보다, 죽은, 파트너* 따위의 단어를 적었다.

네, 항상 나타나요, 단순히 집뿐만이 아니라, 나는 말했다, 다른 장소도 마찬가지예요, 모든 장소에 나타나요.

(사실 당신은 점점 덜 나타나고 있었다. 실제로 당신은 내가 세 달 전 브라이턴에 갔다 온 이후로 돌아오지 않고 있었다. 하지만 나는 상담사에게 그 얘기를 하지 않을 작정이었다.)

그럼 그런 것에 대해 어떻게 느끼세요? 상담사가 말했다. 글쎄요, 난 말했다, 분명 제가 상상하고 있는 걸 거예요. 애도 과정의 일부가 분명한 것 같은데, 아닌가요? 정확히 무엇을 보세요? 상담사가 물었다. 나는 당신이 집에서 물건을 훔치는 것, 그리고 훔치는 물건이 얼마나 점점 커지는지, 당신이 이제는 꽤 큰 물건을 훔친다는 것, 청소기와 그 노즐 부속품까지도 가져간 적이 있다는 얘기를 했다(하지만 사실은 이랬다. 10월 이후로 내가 잃어버린 것이라고는 플라스틱 통에 넣어 냉장고에 보관하던 홈메이드 수프 몇 통이 전부였는데, 당신이 이걸 훔친 게 절대 아닐 가능성도 있었다. 단순히 내가 먹어놓고 이후에 냉장고를 봤을 때 그 사실을 잊어버린 것이었을 수도 있다). 나는 설령 내게 불편한 시기일지라도 당신이 원하는 때라면 아무 때나 나타나는 버릇에 대해서도 상담사에게 말했다 (나는 당신이 와서 하는 일이라고는 대부분의 시간을 서재 책상에 앉아 거기에 쌓여 있는 끝마치지 못한 오래전 강연 자료를 빤히 바라보면서 아무 말도, 전혀, 하지 않는다는 걸 상담사에게 말하지 않았다).

그것 참 답답하겠어요, 상담사가 말했다. 그 얘기를 좀 더 해주세요. 아 항상 쓸데없는 말참견을 해요, 내가 말했다, 계속해서 저를 방해하면서 죽은 사람들이 가는 곳이 어딘지 따위를 말해요, 지어낸 단어들도 말해요, 그러니까 제 말은, 이런 상상이라는 게 얼마나 환상적*이에요*? 저의 죽은 애인은 단지 일상으로 돌아온 것뿐 아니라 만들어낸 언어로 저에게 말을 한다고요. 소리가 멋진 단어들을요. 제 말은, 그 단어들은 마치 *당연히* 존재하는 진짜 단어인 것처럼 들린다니까요. 에포모니, 가이드 어 러커스, 트래브어 브로스, 스푸 야타키, 클럿 쏘 스쿠피. 그런데 그런 게 결혼생활 아닌가요, 그렇지 않아요? 누군가가 집에 와서 자신의 하루가 어땠는지 반쪽짜리 이야기를 하는데 그건 상대방은 사실상 완전히 이해하지는 못하는 이야기이고, 우리가 누군가에게 우리 이야기를 한다고 해도 상대방이 이해하지 못하는 것과 똑같죠. 그러니까 제가 집에 와서 나무의 뿌리와 무스카리아버섯, 갈색고리갓버섯, 큰비단그물버섯의 뿌리 사이의 복잡한 관계에 대해 장황하게 늘어놓았던 수많은 시기를 말하는 거예요, 무슨 말인지 아시죠?

상담사가 멈추었던 펜을 다시 집어 들었다. 그녀는 몸을 앞으로 숙인 자세로 앉아 메모장 위에 펜을 들고 자세를 취했다.

저는 그 단어들이 아무런 의미도 없는 단어들이 아닌 것 같아요, 상담사가 말했다.

아니에요, 그건 독버섯들이에요, 내가 말했다.

다른 단어들 말이에요, 그녀가 말했다. 처음에 말씀하셨던 단어들 있잖아요. 만들어낸 언어라고 말씀하셨던 단어들이요. 제 생각엔 그게 만들어낸 게 아닌 것 같아요.

정말 친절한 분이시군요, 내가 말했다. 그래요, 저도 그 단어들에 어떤 의미가 있다고 생각하고 싶어요, 그 단어들이 온갖 종류의 아름다운 것들을 말한다고 상상하고 싶어요. 하지만 아시다시피 저의 파트너는 단어를 가지고 많은 일을 했고, 제 생각에는 제 상상이 그런 것들을 놓아주려고 하고 있는 것 같아요, 결국 그런 것들이 아무런 의미도 담고 있지 *않게* 하는 방식으로요.

저에게는 그리스어처럼 들려요, 상담사가 말했다.

하하, 저도 그래요, 확실히 그리스어처럼 들려요, 내가 말했다.

아뇨, 정말 그리스어 같아요, 상담사가 말했다. 그리고 고대 그리스어가 아니라 현대 그리스어요.

오, 내가 말했다.

세션 공간에서 개인 정보를 이야기하고 싶은 것도 아니고 특히 첫 번째 세션에서 이렇게 하는 게 저로서는 좀 이례적인 일이기는 하지만, 상담사가 말했다. 마침 제 남편이 그리스인이거든요.

오, 내가 말했다. 그렇군요.

그리고 첫 번째로 말씀하셨던 단어 말이에요, 상담사가 말했다. 그게 뭐였죠? 기억이 안 나는데요, 내가 말했다. (난 분명히 기억하고 있었지만, 지금 난 심술이 조금 나 있었다.) 이코노미와 비슷하게 들리는 단어였는데요, 그녀가 말했다. 에포모니요, 내가 말했다. 맞아요, 그녀가 말했다, 그 단어, 그건 제 남편이 자주 말하는 단어와 비슷해요. 혹시 이코노미라는 단어와 헷갈려서 말씀하고 계신 건 아니죠? 그러니까 제 말은 현재 그곳의 경제 상황 때문에 그 단어가 그리스어 같다고 생각해서 섞어 말씀하신 게 아닌가 해서요, 내가 말했다. 아니요, 제 남편이 말한 단어는 분명 에포모니가 맞아요, 그녀가 말했다, 사실 그건 남편이 자주 부르는 노래에 나오는 단어예요. 노래를 부른다고요? 내가 말했다. 샤워하면서요, 상담사가 말했다. 하지만 전 그리스어를 하지 못해요, 내가 말했다. 저는 어떤 그리스어 단어도 알지 못하고 그리스 사람도 몰라요. 그곳에 가본 적도 없고요. 단어들을 다시 한 번 말씀해주세요, 상담사가 말했다, 그럼 제가 적어두었다가 남편에게 물어볼게요.

나는 상담사에게 기억나는 단어들을 말해주었고 그녀는 단어들을 받아 적었다.

이제, 그녀가 말했다, 우리 어디까지 했죠?

근데 *선생님*은 왜 그걸 아는 거예요? 그게 어쩌면 그리스어일지도 모른다는 것 말예요. 그리고 *저*는 왜 모를까요? 내가 말했다.

그게 꽤 실망스러우실 수 있겠네요, 상담사가 말했다.

나는 이 여자를 바라보았다. 그리고 이 여자는 아무것도 놓치는 법이 없겠다고 혼자 생각했다. 단 하나에 대해서도 불확실한 채 내버려두는 법이 없었다. 그녀에게는 남편이 있다. 그 남편은 샤워를 하면서 노래를 부른다. 상담사가 의자에서 자세를 고쳐 앉았다. 내가 노골적인 적대감을 드러내며 바라보고 있었기 때문이었을 것이다.

지금 상당히 초조해하는 것 같아요, 그녀가 말했다. 사실 저는 완전히 괜찮아요, 정말로요, 내가 말했다. 간단한 이완 기법을 시도해보는 게 어떨까요? 그녀가 말했다. 그래야만 한다면요, 내가 말했다. 어떤 것도 꼭 해야 하는 건 없어요, 그녀가 말했다. 아뇨, 아니에요, 물론 좋아요, 내가 말했다, 그러니까 이완은 언제든 좋죠, 아닌가요, 그건 정말, 음, 쉬는 거잖아요.

상담사는 내게 뒤로 기대 앉아 눈을 감으라고 말하고 내 발끝에서 시작해서 내 몸에 있는 모든 부분을 소리 내어 말하며 해당 부분 하나하나를 이완해보라고 말했다. 그리고 지금이 여름날이라고 상상하라고 말했다.

지금은 1월인데요, 내가 말했다.

여름이라고 상상해보세요, 상담사가 말했다, 그리고 따뜻한 장소를 상상해보세요, 완전히 안전하다고 느낄 수 있는 어딘가를 상상하는 거예요. 어쩌면 그 장소는 어떤 시골에 있을 수도 있겠죠. 그 장소에 있는 내 모습을 쭉 둘러보세요, 서서 돌면서 주변을 360도로 둘러보세요. 그런 다음—보이나요—그 아래로 난 길에, 거기에 문이 있어요.

맞아요, 문이요, 내가 말했다.

이제 그 문을 통해 들어가서 길을 따라가세요, 상담사가 말했다, 그리고 들리는 모든 소리를 들어보세요, 그리고 저 멀리 바다에서 나는 소리가 어떻게 들리나 들어보세요. 해안을 향해 걷고, 걸으면서 주변에 있는 모든 것을 보고 들어보세요. 이제 도착합니다, 해변이에요, 그리고 여긴 완벽히 안전합니다, 매우 평화로워요, 멋진 장소입니다. 이제, 바다가 어떤 모습인가요?

모르겠어요, 내가 말했다. 뒤쳐져서 아직도 그 문에 있어요. 그 문에요? 상담사가 말했다. 문을 열고 거길 통과해 걸어보세요. 할 수가 없어요, 내가 말했다. 노력해보세요, 상담사가 말했다. 그냥 못하겠어요, 내가 말했다. 아, 상담사가 말했다. 음. 전에 이 기법을 시도했을 때 문에서 멈춘 사람은 아무도 없었는데.

눈을 떠야 하나요? 내가 말했다. 아니, 아니요, 감고 계세요, 그녀가 말했다. 네, 음—. 좋아요, 알겠어요. 잠시만 기다려주세요. 다른 기법을 시도해볼 거예요, 특정 자기 역량 강화 기법이에요. 좋습니다. 이제. 문에서 돌아서서, 음, 좋아요, 길을 따라 걷고 있어요, 따라오고 있나요?

문에서 반대쪽으로요? 내가 말했다.

네, 그녀가 말했다, 문에서 멀어지도록 반대 방향으로 가는 거예요, 그리고 영화관에 도착할 때까지 계속해서 걸어보세요.

알겠어요, 내가 말했다. 그 안에 들어가나요?

네, 그녀가 말했다, 안으로 들어가세요, 그리고 관객석으로 가면 앞에 쫙 펼쳐진 여러 줄의 좌석이 보일 거예요, 그리고—. 티켓을 사지 않아도 되나요? 내가 말했다. 네, 네, 상담사가 말했다, 그런 건 다 해결돼 있어요—. 제 자리는 몇 번인가요? 내가 말했다. 그런 건 걱정하지 않아도 돼요, 그녀가 말했다, 그냥—. 아니에요, 걱정하는 게 아니에요, 내가 말했다, 저는 그냥 제가 영화관에 가면 마지막 줄에 앉는 걸 좋아해서 그래요. 그래야 원할 때 자리를 떠날 수도 있고 너무 혼잡한 느낌이 들지 않으니까요—. 영화관 전체에 다른 사람은 아무도 없어요, 그녀가 말했다, 혼자뿐이에요, 그러니 원하는 곳 어디든 갈 수 있어요, 아무 자리에나 앉을—. 하지만 영화관에 다른 사람이 아무도 없다면 영화가 시시하다는 것일 텐데, 내가 말했다. 영화관에 아무도 없는 걸 본다면 저는 아마 거기에 있지 않을 거예요.

상담사가 한숨을 쉬었다.

알겠어요, 내가 말했다. 이제, 저는 관객석에 있어요. 좋은 곳이네요. 매우 현대적이고요.

좋아요, 그녀가 말했다, 커튼이 있어요, 커튼이 올라가 화면이 모습을 드러내고 조명이 점점 어두워져요, 이제 막 무언가가 시작되려는 참이니까요. 지금까지 괜찮나요? 네, 내가 말했다. 커튼과 조명, 네, 저는 거기에 있어요, 잘 따라가고 있어요.

그녀는 계속해서 말을 했다. 그녀는 내가 어둠 속에 앉아 있고 화면에서는 빛이 재생되고 있다고 말했다, 그리고 내가 화면에서 본 것이 어떤 특정한 상황이라고, 내가 통제할 수 없다고 느끼는 상황을 선택해 생각해보라고 했다.

네, 내가 말했다. (마치 화면에서 본 무언가가 그 무엇이라도 지배

할 수 있는 힘을 내게 주기라도 한 것처럼.)

그녀는 그게 무엇이든 내가 그 안, 그 상황 안에 있다고 상상하고 거기 앉아 상황을 지켜보라고 말했다. 그러더니 그녀는 내가 보고 있던 영화를 되감기해 거꾸로 재생해서 보고 그런 다음 앞으로 재생해서 다시 보는 대신 이번에는 어떤 소리도 없이 보라고 했다. 그런 다음 그것을 되감고 다시 시작해 시청하고, 같은 영상을 보는 대신 이번에는 흑백으로 보라고 했다. 그런 다음 되감고 다시 볼 때는 클로즈업으로, 그런 다음 되감고 다시 볼 때는 느리게, 그런 다음 되감고 다시 볼 때는 고속 재생으로 보라고 했다.

나는 고개를 끄덕였다, 나는 그녀가 말한 대로 하는 척했다. 하지만 나는 영화를 뒤로 감았다 앞으로 감았다 하는 것을 상상하는 대신, 내가 당신과 사랑을 나누는 것을 얼마나 그리워하고 있었는지 생각하고 있는 것을 문득 깨달았다.

우리가 특히 만족스러운 사랑을 했을 때, 그건 마치 이 세상의 새로운 장소에 있는 것 같았다, 아니 어쩌면 세상 *밖*에 있는 새로운 장소, 따로 떨어진 장소, 스스로 모습을 드러낸 어딘가, 둥글게 말려 있다가 내 머릿속에 이제 막 펼쳐진 지형—그건 내 머리 안에 있는 것이었을까? 왜냐면 멋지게 펼쳐진 초록의 경관은 내 주변을 온통 감싸고 있었고, 그건 마치 비행기를 타고 빠르게 통과해 그 위를 여행을 하는 것 같은 느낌이었고, 평평한 돌이 물 위를 가볍게 스치듯 도약해 물의 표면을 미끄러지듯 나아가는 것 같았기 때문이다. 이런 사랑 행위의 근원 어딘가에서, 모든 잔뿌리를 지나고 곧은 뿌리를 지나, 겹겹이 차가운 지층에서 여러 겹의 뜨거운 지층으로, 판구조까지 바로 통과해 지구의 근원에서 계속해서 일어나는 일이 무엇인지를 어떻게 내가 때로 알았고 잠시 이해했을까 생각했다. 나는 이런 생각도 했다. 이런 심연으로 가는 것과 완전히 동일한 순간에, 종탑의 높은 곳에 걸린 거대한 종, 공허하고 가득 찬, 장엄하고 무게감 있는 그것, 새처럼 공중의 높은 곳에 있는 그 종이 의식에 따라 천천히 움직여 자기 몸을 때리면 어느 순간에라도 공기는 그 속성이 변해 소리가 된다는 것을 내가 어떻게 이해할 수 있었을까.

그건 온전히 자기 자신에게로 몰입해 자신은 잠시 잊어둘 수 있을 정도로 충분히 용감해질 수 있을 때에만 도달할 수 있는 장소였다.

그건 내가 놓친 장소였다. 나는 그곳으로 돌아가는 방법이 무엇인지 몰랐다. 내가 그곳을 다시 보게 되거나 다시 그 안에 존재할 수 있을지도 알 수 없었다.

그리고 바로 그 지점이 프로젝터가 윙윙거리며 돌아가기를 멈춘 지점이었다. 상담사가 말하고 있었고, 불이 켜졌으며, 당신이 일어나 영화관을 나서 일광 속으로 들어갔다. 이제 당신은 눈을 뜰 수 있었다.

나는 눈을 떴다.

그래요, 상담사가 말했다. 이제. 어땠어요? 어떤 생각이 났어요?

기억하고 있었던 어떤 장소를 생각했어요. 얼마나 아름다운지,

얼마나 먼 곳인지 생각했어요.

그래서 어딘가가 생각났어요, 맞아요, 내가 말했다.

* * *

나는 집에 있는 서재 책상에 앉아 있었다.《올리버 트위스트》를 3분의 2 정도 읽어나가고 있었다. 부도덕하고, 타락하고, 불쌍하고, 절박하고, 난잡하고, 희망이 없는 지하세계 출신 소녀인 낸시가 착하고, 완벽하고, 부유하며, 깨끗한 지상세계 소녀의 표본인 로즈를 막 만난 참이었다. 지상세계라는 단어가 존재했었나? 나는 당신의 사전을 집어 들었다. 그 아래에 당신이 끝마치지 못한 강연 자료가 있었다. 서류 더미 맨 위에 있는 건 〈경계에 관하여〉라는 문서였다.

없었다. 사전에는 *지상세계*라는 단어가 등재되어 있지 않았다. 하지만 지하세계가 있는데 어떻게 지상세계가 없을 수 있단 말인가? 로즈의 세상이 낸시의 세상에 비해 너무 많이 우월해서 거기에 이름을 붙일 필요조차 없었던 걸까? 그러다 다시 낸시가 지상세계의 문 앞에 서서—사이크스는 낸시가 그곳에 갈 준비를 하자 그녀에 대해 "시체가 다시 살아 돌아온 것처럼"이라고 말한다—"레이디를 좀 만나고 싶다"고 요구하며 올리버에 관한 진실을 말해주고 싶다고 하자 남자는 낸시에게 이름이 뭐냐고 묻고, 낸시는

"뭐라고 해도 달라지는 건 아무것도 없을 거예요"라고 말한다.

어쩌면 지하세계와 지상세계의 언어는 진정 서로 만나지 못하는 것일지도 모른다. 나는 오래된 페이퍼백을 더 쫙 펼쳐서 책등에 붙어 있던 접착제가 갈라지는 소리를 들으며 생각했다. 그게 어쩌면 내가 말할 줄 모르고 당신 역시 말하지 못한다는 사실을 내가 분명히 아는 언어로 당신이 내게 메시지를 보내오고 있는 이유일지도 모른다.

경계에 관해 끝마치지 못한 강연 자료의 맨 위에 접혀 있는 한 사진이 있었다. 나는 사진을 펼쳤다. 네 명의 젊은 여자가 등장하는 흑백사진이었는데, 모두 아주 예뻤으며, 심지어 아름답기까지 했다. 그들은 모두 접이식 의자에 앉아 서로에게 몸을 기대고 있었다. 두 명은 앙증맞은 컵받침 위에 놓인 앙증맞은 컵을 들고 있었고, 사진 속의 네 명은 모두 완전히 잠들어 있었다. 아래쪽 설명에는 "램 강의 초현실주의자들, 콘월, 1937년, 왼쪽 위부터 시계방향으로 리 밀러, 애디 피델린, 누슈 엘뤼아르, 리어노라 캐링턴"이라고 적혀 있었다.

예전에 어느 날, 꽤 늦은 시각에 당신은 나에게 이 사진을 보여줬었다. 당신은 당시 이 사진과 관련된 작업을 하고 있었던 게 틀림없다. 당신은 나에게 사진 맨 위에 있는 매우 아름다운 여자 리 밀러는 제2차 세계대전 당시 영국 전역에서 초현실주의 사진작가로서 사진을 찍기 시작했는데 그때 찍은 사진들은 그들이 진짜로 존재하는 사람들이라는 점만 제외하면 여전히 초현실적인 것처럼 보인다고 말했었다. 당신은 당시 리 밀러가 전쟁 끝자락에 연합군과 함께 프랑스와 독일에 들어가 해방 전투 사진을 찍었고, 네이팜탄의 사용을 처음으로 사진에 담았으며, 강제수용소에 들어간 첫 번째 사진작가 중 한 명이었다고 말했다. 당신은 책장으로 가서 책 한 권을 빼 들고 돌아왔다. 당신은 내게 피라미드 그림자, 그물 조각을 통과하는 가느다란 빛줄기, 뒤통수에 몸에서 떨어져 나온 손이 있는 여자, 아코디언처럼 쭈글쭈글하게 찌부러진 타자기를 보여주었다. 당신은 페이지를 넘겼다. 거기엔 물속에서 죽은 남자, 가슴을 드러낸 채 팔이 덜렁거리는 시체가 차량 끝 미닫이문에서 쏟아져 나오는 기차 칸이 있었다. 당신은 한 금발 여자 사진에서 멈췄다. 그녀는 권위적으로 보였고 군인 아니면 간호사 같았는데 소파에 등을 기대고 있었다. 봐, 당신이 말했다. 8년 뒤 밀러는 이 사진을 찍었어. 이 여자는 라이프치히 뷔르게르마이스터의 딸이야, 자살했지.

그 사진 속 여자 역시 잠들어 있는 것처럼 보였다. 하지만 입술과 얼굴과 가지런한 치아 위에 쌓인 먼지, 시가전과 폭발에서 기인한 먼지는 이제 그녀가 이 방의 다른 표면에 존재한다는 것을 말해주고 있었다.

당신은 내게 밀러의 사진들이 밀러 생의 마지막 수십 년 동안 사라지고 완전히 잊힌 반면, 컵을 들고 잠이 든 네 명의 여자 사진을 찍은 그녀의 남편 롤런드 펜로즈는 초현실주의와 영국 예술에 있어 계속해서 중요한 인물로 남아 있었다고 말했다. 그러던 어느 날 밀러의 죽음 이후 어느 시점에 밀러 아들의 부인이 다락방에 올라갔다가 전쟁의 최후 공격에서 밀러가 찍은 수천 장의 흑백사진과 충격적이고 생생하게 기록된 속달 우편 무더기를 발견했다. 이러한 기록은 밀러가 《보그》에 보냈던 것으로 《보그》는 이 자료를 발행했다.

그리고 당신은 사진에서 가장 아래쪽에 앉아 있는 머리색이 짙은 여자를 가리켰다. 이 사람이 리어노라 캐링턴이야, 당신이 말했다, 가장 저평가된 영국 초현실주의 아티스트이자 작가 중 한 명이지. 왜 테이트에서 그녀의 작품에 대한 대규모 회고전을 아직도 열지 않았는지 모르겠어. 그녀는 막스 에른스트의 애인이었기 때문에 초현실주의의 야생아이자 뮤즈로 가장 잘 알려져 있지. 하지만 리어노라 캐링턴의 작품은 독특하고, 보는 사람을 깜짝 놀라게 하고, 완전히 독창적이고, 그 자체로 완전히 최첨단이야.

그날 밤 침대에서 당신은 캐링턴의 사진 몇 장을 내게 보여주었다. 사진은 어둡고 밝고 경쾌하고, 마치 어떤 이야기에 나오는 장면 같았지만 거칠고, 잔인한 부분이 더 많았다. 붙임성 있어 보이는 동물과 야성적으로 보이는 동물, 일부가 동물이고 일부가 사람인 존재 모두가 매우 흥미로운 대화를 나누고 있는 것처럼 보이는 모습, 가면을 쓴 존재, 새로 변하고 있는 것 같은 사람이거나 어쩌면 새가 사람으로 변신하는 것 같은 모습으로 가득했다. 당신은 일어나 방을 나갔다가 다른 책 몇 권을 들고 돌아왔다. 당신은 어떤 책에서 〈경계를 따라 달리면서As They Rode Along the Edge〉라는 이야기가 있는 부분을 펼쳤다. 버지니아 퍼라고 불리는 머리를 풀어 헤친 자유분방한 소녀가 이끌어가는 이야기로 인색한 성인이 수많은 영리한 생명체를 속여 교회가 영혼뿐 아니라 육신까지도 가지게 만드는 이야기였다. 고양이 떼가 뒤를 졸졸 따라 다니는 버지니아 퍼는 외발 자전거를 타고 엄청난 속도로 윙윙거리는 소리를 내며 시간을 보낸다. 외발 자전거를 타며 신성과 야만 사이의 경계에서 균형을 잡으려는 행위에서 고결함이라는 것이 꽤나 잔인한 것이며 동물에게 진짜 영혼이 있다는 것이 점점 분명해진다.

당신은 책을 몇 장 더 휙휙 넘기더니 나에게 이 부분을 읽어주었다. "우리가 얼마나 깊이 서로의 눈을 들여다보든 투명한 벽은 우리의 신체 밖 시선이 교차하는 곳에서 발생하는 폭발로부터 우리를 갈라놓는다. 어떤 현명함으로 내가 그 폭발, 늑대와 내가 하나인 외부의 미지의 영역을 포착할 수 있다면, 아마도 그 첫 번째 문이 열리고 그 너머의 공간이 모습을 드러내게 될 것이다."

그건 좋을 수도 있다는 것처럼 들리기도 하고 나쁠 수도 있다는 것처럼 들리기도 해, 내가 말했다. 지나치게 의식적인 얘기 같다고 할까.

당신은 리어노라 캐링턴이 리미널 스페이스의 전문가였다고 내게 말했다. 리미널 스페이스가 뭔데? 내가 당신에게 물었다. 아, 당신이 말했다. 어떤 사이 공간 같은 걸 말하는 거야. 우리가 문득 떠밀려온 것 같은 장소. 어떤 예술 작품을 보거나 어떤 음악을 들었을 때 잠시 동안 실제로 있어봤던 다른 어딘가에 존재하고 있는 것처럼 느끼는 것 같은? 내가 말했다. 아니면 림보* 같은 리미널을 말하는 건가? 그럴지도 모르지, 당신은 흥미가 생긴다는 듯 말했다, 잠깐 기다려봐, 내가 찾아볼게, 어쩌면 림보와 리미널은 그 뿌리가 같은 단어일지 몰라, 꼭 그렇게 들리거든.

나는 우리가 갖고 있는 1960년대 초반 잃어버린 노래들에 관한 앨범에 실린, 도리스 데이의 노래 「렛 더 리틀 걸 림보」를 부르기 시작했다. 그 노래는 도리스 데이의 남편이자 매니저가 발표하지 못하게 금지했던 곡으로 당신과 내가 들으며 그 이유를 알아내려 노력하다가 당황스러움을 느꼈던 곡이었다. 림보가 너무 섹시해서였나? 라임이 *너무 느리게* 진행돼서 그런가, 그러니까 그 남편은 도리스 데이가 그럴 거라고 사람들이 생각하는 게 싫었던 걸까? 내가 말했다. 당신은 아마도 노래가 너무 아프로풍의 캐리비안스럽게, 그러니까 마케팅 담당자가 60년대 초반에 기회를 잡기에는 너무 인종적 경계에 가깝게 들려서 그랬을 거라고 생각했다.

리미널이 무엇이든 그 한참 너머에 있는 당신과 지상세계에 단단히 매여 있는 내가 이제 책상 앞에 함께 앉아 있었다. 나는 잠자고 있는 네 명의 여자 사진을 보았다. 나는 나머지 여자 두 명이 누구인지, 그리고 그들의 삶에는 어떤 일이 있었는지 궁금했다. 사진 속에서 마치 그들은 함께 차를 마시고 있다가 마법, 그러

* 기독교 용어로 천국과 지옥 사이의 장소. 또는 원죄 상태로 죽었으나 죄를 지은 적이 없는 사람들이 머무르는 곳.

니까 수면의 마법에 걸린 것 같았다. 사진 중간의 두 여자는 컵을 들고 있지 않았는데 잠 속에서 지금 실제로 많은 일을 하고 있는 것처럼 보였다. 불행해 보이는 건 아니었다, 아니, 그들은 심각해 보였다. 마치 잠이라는 게 심오한 일, 심지어 평화롭거나 방심하고 있는 무언가라기보다 일종의 일처럼 보였다. 사실상, 잠을 자고 있어서 그들이 실제로 더욱 그곳에 존재하는 것처럼, 또는 다른 방식으로 그곳에 존재하는 것처럼 보였다.

《올리버 트위스트》에서 올리버가 잠을 자거나/깨어난 상태였던 적이 몇 번 있었다. 한번은 올리버가 자신의 이전 삶에서 아주 멀리 떨어져 상류층의 훌륭한 집에서 메일리 부인과 함께 안전하게 지내고 있는데 별안간 잠결에, "때로 우리에게 엄습하는 종류의 잠, 그러니까 (…) 신체를 구속하는 종류의 잠"을 자면서 그는 페이긴과 멍크스가 창문 저편에, 바로 저 반대쪽에 있다는 것을 분명하게 느낀다. 그래서 올리버는 메일리와 함께 있는 그 교외 지역이 얼마나 안전해 보이는지와는 관계없이 여전히 안전하지 않다. 올리버는 여전히 자유롭지 못하다. 소설의 훨씬 앞부분에 수면 상태에 관한 다른 묘사, 훨씬 더 힘 있게 들리는 묘사가 있다.

> 꾸벅꾸벅 조는 상태, 잠듦과 깨어 있음의 사이, 이때 우리는 불과 5분 동안이라도 반쯤 뜬 눈으로 보다 많은 꿈을 꾸게 되며, 주변에서 돌아가는 모든 일에 대해 반쯤 자각하게 되는데, 이는 닷새 밤 동안에 꼭 감은 눈으로 감각이 완벽하게 무의식에 의해 둘러

싸인 채 꾸게 되는 꿈보다 많다. 그럴 때 우리 필멸의 존재는 자신의 정신이 하고 있는 일을 딱 알맞은 정도로 알고 있으며, 어떤 전능한 힘에 대한, 그러니까 육체적 결부라는 속박에서 자유로워졌을 때 땅에서 솟아나 시간과 공간 따위는 가볍게 무시하는 것에 대한 어렴풋한 개념을 형성하게 된다.

이 장면은 페이긴의 지하세계에서 보낸 올리버의 첫날밤을 그린 장면이다. 이런 중간 상태에서 올리버는 페이긴이 훔친 시계, 반지, 팔찌, 브로치가 담긴 상자를 여는 것을 "보는데" 그중 하나에는 "아주 작게 새긴 글귀"가 있고, 그건 분명 올리버의 진실과 잃어버린 정체성의 증거가 될 수 있는 종류의 것이다. 나는 이 장면을 이제 와서 생각해보면서 그런 잠결에 보이는 전능한 환상에서 올리버의 어머니가 잃어버린 보석이 페이긴의 상자에 들어 있을 수 있도록 디킨스가 어느 시점에 미리 계획해두었던 것은 아닐지 궁금해졌다. 나는 디킨스가 대부분의 이야기를 그저 흘러가는 대로 썼다는 걸 알고 있었기 때문이다.

지위를 부여하는 것. 치유의 땅에 들어가면 어떤 일이 벌어지는지 한 번 볼까? 모든 게 치유의 힘을 얻는다. 나는 아까 봤던 상담사에 대해 생각했다. 나는 그녀가 일어나 계단을 내려오다가 누군가가 그녀의 집에 침입하는 걸 발견하는 모습을 상상했다, 어떤 조그만 남자 아이가 창문을 통해 침입해 다른 도둑들을 위해 문을 열어주고 도둑들이 그녀의 물건을 훔치는, 그런데 뭘 훔치지?

그게 무엇이든 그건 중요하지 않았다. 나는 그저 잠시 동안 상상해볼 수 있기를 바랐다. 내 삶에서 무슨 일이 일어나고 있는지 해독하는 방법을 나보다 더 잘 아는 것 같은 누군가의 얼굴에서, 내가 매우 가깝게 느꼈던 세상에서 지나쳐가는 그림자를, 그녀, 그리고 샤워를 하면서 노래를 부르고 내가 하지 못하는 언어를 말할 수 있는 그녀의 남편을, 그리고 삶이 여전히 온전하고 단순하고 불가사의한 구석이라고는 없는 이 세상의 다른 모든 사람들이 저 멀리서 그렇게 살아가고 있다는 것을.

나는 약이 필요했다. 술이 필요했다. 나는 지상세계라는 단어가 포함되어 있지 않은 사전에 고개를 박고 잠에 빠져들 수 있기를 바랐다. 잠 속에서 나는 책상 앞에서 일어나 코트를 입는다. 그건 마치 하포 마스가 오래된 영화 〈마스 형제Marx Brothers〉에서 입고 있던 옷의 모습 아니면 디킨스가 아트풀 다저의 차림새를 묘사한 모습과 비슷하다. 품이 넓고 헝겊 조각을 덧댄 코트는 나에게 너무 크고 떠돌이 옷처럼 보인다. 그리고 내가 버튼을 잠그자 마술사의 묘기처럼 서로 묶인 손수건으로 가득 찬 비밀 주머니를 우연히 발견하게 된다. 그러면 나는 코트 단추를 풀고 비밀 주머니와 수납공간으로 가득한 코트 안감을 손으로 훑어 내려간다. 그리고 주머니 중 아무 주머니 하나의 안으로 손을 넣었다 꺼낸다—무엇을? 손을, 팔, 그러니까 사지limb 중 하나의 끝에 있는 그것을. 림보에 들어가는 통행증. 팔 끝에 있는 손은 엄지와 검지로 만든 입을 통해 말한다. 당신은 나를 데려가야 해요, 그것이 말한다, 그래야 팔 없는 상태가 되지 않아요.*

나는 손을 들어 원래 있던 주머니 안으로 다시 미끄러뜨리고, 그 손, 내 손을 잡고 있던 그 손은 나를 더 깊게 잡아당겨 내 팔이 따라가고, 그러다 내 어깨에서 그 위의 목까지, 그리고 내 머리, 그리고 나의 반대쪽 어깨, 그러다 결국 내 몸 전체가 코트 주머니 안으로 깊숙하게 빠져 들어간다. 나는 초기 사진작가들이 원판을 노출하기 전후에 카메라를 덮기 위해 사용했던 주름지고 두꺼운 검정색 천이 미끄러져 내리는 것처럼 두꺼운 천이 완충 작용을 해주는 곳으로 머리부터 거꾸로 떨어지고, 내 머리가 바닥에 부딪히자 그건 마치 까만 하늘을 통과해 떨어진 것 같았다.

* * *

1. 생각의 날 갈기
: 유리 천장과 얼어붙은 바다

페이지 위의 단어들은 표면적인 것 그 이상일까? 무언가를 읽는 행위는 표면적인 행위일까? 페이지 위에 있는 단어들은 한 겹 얼음의 깊이나 얄팍함 이상으로 표면에 우리를 붙잡아둘까? (카프카

* arm에는 팔 이외에도 무기, 무장 따위의 의미가 있다.

는 책이 우리 안에 얼어붙은 바다를 깨부수는 도끼가 되어야 한다고 말한다.) 그리고 의사소통하고, 일을 하고, 편지를 쓰고, 책을 쓰고, 책을 읽고, 이야기하는 가장 최신이자 가장 현대적인 수단인 스크린을 읽는다는 건 어떨까?

스크린이 무엇일까? 분리하는 것이다. 사람들이 뒤에서 옷을 벗는 것이다. 모든 컴퓨터가 가지고 있는 것, 사실상 컴퓨터의 계산이 놀랍도록 스스로 정제되어 표현되는 대상이다. 우리 모두가 주머니에 넣어 항상 소지하고 다니는 것, 서구 인간 사회에서 정보 수집의 근간이 되는 것이자 단 10년 전만 해도 상상할 수도 없었던 전화의 기본적인 기능을 하는 것이다. 투명한 겉모습을 하고 있으면서 우리를 은행원, 티켓 판매원, 우체국 직원, 돈을 가진 사람들과 분리해놓는 것이다. 사람이 투영되는 것이다.

스크린 위의 이미지가 페이지 위의 단어와 같이 동일한 종류의 표면을 형성할까? 사진을 찍는 작가가 너무 가까이 다가와 찍는 바람에 아무것도 나오지 않고 오직 입만 나오게 되자 짜증이 난 한 남자가 카메라와 사진작가를 모두 삼켜버리는 제임스 윌리엄슨의 1901년 영화 〈빅 스왈로우〉 이후로 영화 제작자들은 스크린이 관객을 화면 영상으로부터 분리하는 방식을 정복하기 위해 노력해왔다.

채플린의 1928년 영화 〈서커스〉의 오프닝 크레디트 바로 다음에 우리가 보게 되는 장면은 둥근 테 안쪽을 가운데에 별 모양이 있는 종이로 막은 장면이고 그다음엔 한 서커스 연기자가 그곳을 뚫고 나오는 장면이다. 1914년 단편 〈베니스의 어린이 자동차 경주〉에서 채플린의 떠돌이 캐릭터가 처음 등장하는데, 그는 그 영화에서 자신의 모습 그대로 등장해 뉴스릴 제작자들이 만드는 영화에 출연하려고 애쓰는 실제 대중의 모습을 연기한다. 관중과 형식 사이를 구분하는 모든 필터를 아주 베어내고 싶어 했던 것이다. 그리고 〈서커스〉에서 특히(채플린이 이 작품을 만들 때 그는 국제적인 명성이라는 높은 지위에 있었다, 아마도 그는 지금까지도 영화계에서 전 세계적으로 가장 유명하고 상징적인 존재일 것이다) 그는 관중과 떠돌이 캐릭터라는 일반인적인 속성 사이에 생겨날지도 모르는 스타덤이라는 그 어떤 관념도 찢어 없애버리고 싶어 했다.

파월과 프레스버거 역시 아처 프로덕션의 모든 영화를 완벽한 원 모양이 등장하는 화면으로 시작하는데, 원 위에는 활쏘기 과녁이 인쇄되어 있고, 이미 많은 화살이 빽빽하게 박혀 있으며, 그 한가운데로 명장의 화살 한 발이 날아든다—이것은 보는 사람과 스크린 사이에 무언가가 막 통과하려는 순간, 무언가의 출발점, 목표를 명중하는 순간을 암시한다. 알프레드 히치콕은 아주 일찍부터 영화 스크린과 꿈이 연관되어 있다는 걸 알았다. 그는 스크린이 거울 나라의 앨리스처럼 투과될 수 있고, 통과할 수 있어야 한다는 점을 이해했다. 이 투과성은 스크린이 거울이 될 수 있게 만드는 속성이다. 그의 영국 무성영화 중 하나인 〈하숙인〉(1927)에서는 속을 알 수 없는 낯선 사람이 한 가족의 집에 이사를 온다. 그 가족은 도시의 모든 이들과 마찬가지로 지역의 연쇄 살인에 대해 공포에 빠져 있는 상태다. 하숙인은 낯설고, 감정 기복이 심하며, 섬뜩할 정도로 활동적이다. 다른 사람들과 같지 않다. 그러던 어느 날 가족이 샹들리에가 걸린 천장을 올려다보자 천장이 유리로 변하게 되고, 관객은 바로 그 유리 천장을 통해서 볼 수 있게 된다. 하숙인의 발바닥이 보이고, 그가 가족들 위에서 왔다 갔다 하는 게 보인다. 히치콕은 가족이 듣고 있는 소리, 그러니까 한 층 위에 있는 남자의 긴장된 발걸음을 관객이 알기를 원했다.

"제가 그것을 해냈습니다." 히치콕은 나중에 이렇게 말했다. 1인치 두께의 유리로 만든 바닥으로 말입니다." 하지만 이는 무성영화에서 소리를 시각적으로 보여주기 위한 묘안이기만 했던 것은 아니다. 영화 형식에 있어 천재적인 초기 연출가였던 히치콕은 영화 관객을 진정한 서스펜스로 유혹하기 위해서는 관객이 플롯 안으로 들어오게 하거나, 이야기 속의 인물들은 얻거나 이해할 수 없는 내러티브의 분위기를 관객이 파악하도록 해야 한다는 것을 알았다. "스릴러 영화에는 감정이 포함되어 있지 않습니다. 관객은 궁금할 뿐입니다. 감정을 과장되게 표현하지 않습니다. 관객은 누구도 염려하지 않습니다. (…) 영화가 끝나고 뜻밖의 사실이 드러나게 되면 사람들은 2~3분 동안 '아, 내가 그렇게 말했잖아' 혹은 '그럴 줄 알았어' 혹은 '대박인데' 따위의 말을 합니다. 저는 영화 초반에 관객에게 모든 정보를 제공하는 서스펜스 영화를 만드는 것을 선호합니다." 그런데 히치콕 영화 중에서는 드물게 〈하숙인〉은 그런 방식을 취하지 않고 있으며 정보 제공을 보류하고 있다. 이 영화에 유명 연기자 아이버 노벨로가 출연하면서 수익성 확보가 불확실해졌기 때문에 히치콕이 감독으로서 온전한 선택권을 누리지 못했기 때문이다. 하지만 영화에서 히치콕은 관객과 스크린에 나오는 이야기 사이에 구분이 존재하는 것이 아니라, 아는 자와 모르는 자 사이에 구분이 존재한다는 심리적 회색 지대를 만들어낸다. 이러한 방식으로 아는 것이 플롯보다 더 중요한 것이 되고, 행위와 도덕성을 이해하는 열쇠가 된다.

헨리 제임스의 《황금 그릇》(1904) 첫 번째 장에서 런던에 산책을 나온 프린스는 구식 사고방식을 가진 현대 남성으로, 부유한 미국인과 이제 막 결혼을 하려는 참인 이탈리아인이다. 그는 본드 스트리트를 거닐며 윈도쇼핑을 하다가 "자신의 모든 것을 보여주는 것 같은 판유리"를 통해 제국의 온갖 약탈품을 자세히 들여다본다. 그것들은 돈으로 살 수 있으며, 마치 "전리품"처럼 "형편없이 내팽개쳐져" 있다. 한편 아가씨들은 모자 "그늘로 얼굴을 숨기고" 있거나 "활짝 펼쳐진 실크 양산 아래 매우 섬세하게 화장한 얼굴"을 하고 그를 지나친다. 그는 새로운 세상과의 결혼이라든지 예비 장인의 수많은 재산과 같은 것들을 생각해야 했으므로 자신에게는 열정이나 사랑이 필요하지 않으며, 로맨스란 그저 "차단해버릴screen out" 수 있는, 지친 여름날이면 일찍 닫곤 하는 가게의 철제 셔터가 그의 발걸음 바로 앞에서 크랭크의 회전에 따라 덜컹거리며 내려가 차단되어버리는 것과 비슷한" 추억이라고 스스로에게 말한다.

불쌍한 프린스, 멋을 부리고 도시를 배회하며 자신의 이야기 안에 담긴 단서에는 아무런 주의를 기울이지 않는 불쌍한 프린스. 소설의 중심은 그를 배신하려 하고 있다. 그가 맵시 있는 작은 보트에 앉아 스스로 안전하다고 생각하고 있는 호수의 표면 아래에서 점점 두꺼워지는 폭풍처럼. 게다가 이 소설의 중심부에서 마구 회전하고 있는 폭풍은 열정, 말로 표현할 수 없는 사랑에 관한 이야기의 형식이 되고, 헨리 제임스 자신이 단 한 차례도 완전히 공개하지 않은, 완전히 표면화하기를 허용하지 않은 무언가가 된다. 《황금 그릇》은 가치에 관한, 돈에 관한, 완벽해 보이는 무언가의 흠을 보는 것에 관한 이야기이다. 그렇다. 하지만 그 첫 번째 장이 주장하듯, 장막과 안개와 스크린과 셔터와 이들 은닉행위의 이미지를 반복함으로써 《황금 그릇》은 더욱 치명적인 결함, 무분별의 상태에 관한 이야기가 된다. 제임스는 이런 울림이 있는 심상을 사용해 독자가 억제하고 있는 무언가에 주의를 기울이게 하고, 그 부재가 너무 집요한 나머지 우리가 내용을 통해 감지하게 되는 이야기 표면 아래의 것, 그러니까 피부 아래의 골격을 읽어내도록 암시한다.

《황금 그릇》 이후 100년 뒤, 하비에르 마리아스는 감시와 역사에 관한 삼부작의 제1권, 《내일 너의 얼굴Your Face Tomorrow》에서 스크린과 함께 살아가는 것이 인간에게 어떤 영향을 미치는지에 대한 확실한 시각을 보여준다.

텔레비전이 그토록 성공을 거두게 된 이유는 의심의 여지가 없다. 시청자가 현실에서라면 숨어 있지 않는 한 절대 알거나 보지 못하는 사람들의 모습을 볼 수 있기 때문이다. (…) 스크린이 느긋하게 염탐할 수 있는 기회를 제공하기 때문에 시청자는 더 많은 것을 보고 그에 따라 더 많은 것을 알 수 있게 된다. 눈이 마주칠 걱정을 하지 않아도 되고, 존재가 노출되어 비판을 받을 걱정도 없다. (…) 그리고 시청자는 필연적으로 판단을 내리고, 어떤 의견을 말로 표현한다(또는 의견을 말로 표현하지 않고 스스로 생각만 한다). 그렇게 하는 데에는 단지 몇 초밖에 걸리지 않고 또한 그런 의견에 대해 할 수 있는 것이라고는 없다. 비록 그것이 아주 기본적이고 최소한의 노력을 들여도 되는 좋아하거나 좋아하지 않는다는 형식만을 취한다고 해도. (…) 그리고 시청자는 스크린 앞에 홀로 앉아 무심결에 "난 저 남자가 진짜 좋아", "저놈은 정말 꼴도 보기 싫어", "저 여잘 없애버려야 되는데", "저 남자를 보면 너무 마음이 아파", "저 남자가 하라는 거라면 난 뭐든 할 거야", "저 여자는 싸대기를 쳐 맞아도 싸지", "잘난 척은", "저 남자 거짓말하는 건데", "저 여자는 불쌍한 척하는 건데", "저 남자 인생은 진짜 빡셀 거야", "재수 없는 새끼", "저 여잔 천사야", "으스대기는, 저 남자 자부심 쩌네", "쟤들 완전 사기꾼이네, 저 둘 말이야", "불쌍해, 불쌍한 것", "나라면 눈 하나 깜짝 않고 저 새끼를 당장 쏴버릴 거야", "저 여자 너무 안타깝다", "저 남자 날 완전 돌아버리게 하네", "뻔뻔스러운 여자 같으니라고", "저 남자는 어떻게 저

> 렇게 순진할 수가 있어", "건방져", "정말 똑똑한 여자야", "저 남자 정말 구역질 나", "저 남자는 날 기분 좋게 해" 따위의 말을 하며 스스로 놀라게 된다. 사용할 수 있는 용어의 수위는 무한하며 모든 것에 여지가 있다. 그리고 그 순간적인 의견은 아주 정확하다, 혹은 말할 당시에는 정확한 것처럼 느껴진다(잠시 후면 덜 그렇게 생각되기는 하지만). 이것은 단 한 차례도 논쟁의 대상이 되어본 적 없이도 확신의 무게감을 전달한다. 그것을 지지할 단 하나의 논거도 없이 말이다.

이 짧은 단락으로 마리아스는 우리가 스크린을 대하는 자세를 그저 패러디하고 있는 것만은 아니다. 자신의 복잡한 삼부작의 전개 역시 패러디하고 있다. 그의 삼부작이 전개되면서 순진하고, 지적이고, 가짜이고, 거짓말하고, 매력적이고, 쓸모없는 사람이 무엇인지가 완전히 드러난다. 그리고 눈 하나 깜짝 않고 누군가를 쏘고 싶어 하는 것뿐 아니라 아무런 보호 장치도, 그사이에 아무것도 없는 상태에서 위해를 가하려고 상대편에 서 있는 존재에 맞서는 것이 무엇을 의미하는지도 마찬가지이다. 한편으로 《내일 너의 얼굴》은 전쟁에 관한 것, 스페인 내전과 그 유산에 관한 것, 20세기의 유산에 관한 것이고, 다른 한편으로는 우리가 남들 눈에 보이는 방식, 우리가 보는 방식에 관한 것이다. 그 제목은 본다는 것—또는 보지 않는다는 것이 어떤 것일 수 있는지를 이용한 말장난이다. 내일 신문의 페이지에서 역사의 마지막 희생양으로 죽음을 맞은 자기 자신의 얼굴을 보는 것은 이미 너무 늦은 것이기 때문이다.

울프의 가장 정치적인 글이자 전쟁에 대한 반론을 다룬《3기니》(1938)에서 그녀를 자극했던 건 스페인 내전 사진이었으며, 울프는 사진이 우리를 끌어들이는 동시에 우리를 따로 떨어뜨려놓을 것이라는 식의 해석을 처음으로 한 사람 중 한 명이 되었다.

> 그리고 우리 앞의 테이블에 사진 여러 장이 있다. (…) 쳐다보기에 기분 좋은 사진들은 아니다. 대부분 죽은 신체에 관한 사진이다. 오늘 아침의 사진 모음에는 남성의 몸 또는 여성의 몸이었을지 모르는 무언가의 사진이 포함되어 있다. 그런데 그건 너무도 훼손되어 있어 한편으로는 돼지의 몸 같기도 하다.

여기서 관찰자의 반응은 일종의 주저함이다. 거기에는 특정 수준의 거리감을 표시하는 판단("기분 좋은 사진들은 아니다")과 함께 미심쩍은 듯한 눈이라는 행위와 인식과 판독을 오가며 인간을 돼지로 격하하는 판단이 포함되어 있다. 수십 년 전 영화에 대해 쓴 글에서 울프는 이미 영화를 보는 행위에서 우리와 관여 행위 사이에 분리하는 표면이 형성될 때 눈과 뇌 사이의 교환 방식에 관해 언급한 적이 있었다. 울프는 우리가 보는 것이 "우리가 일상에서 인식하는 것과는 다른 종류의 현실과 함께 진짜가 되었다"고 주장했다. 우리는 "[우리가 영화에서 보는 것] 그대로를 본다. 우리가 거기에 존재하지 않기 때문이다. 우리는 우리가 인생에서 어떤 부분도 차지하지 않고 있을 때 삶을 있는 그대로 본다."

2. 경계에 가까이 다가가기 : 깊이, 경계, 브리지

울프는 예술의 능력을 깊이 신뢰했다. 우리를 위해 무언가를 바꾼다든지 우리에게서 중대한 변화를 가시화한다는 점에서였다. 울프가 1924년 에세이 〈픽션의 캐릭터Character in Fiction〉에서 "1910년 12월 즈음 인간상이 변했다"고 쓴 말은 잘 알려져 있다. 이 글에서 울프는 소설가 아널드 베넷에게 도전해 리얼리즘 투쟁을 벌이면서, 무언가를 보여주는 방식과 무언가를 보는 방식이 변했다는 것을 보여주는 효과적인 증거로 런던 그래프턴 갤러리의 로저 프라이의 전시 큐레이션 〈마네와 후기 인상파 화가〉를 거론했다. 울프가 《3기니》를 쓰기 시작했던 1936년 7월경, 런던의 인간상은 뉴벌링턴 갤러리에서 열린 첫 번째 국제 초현실주의 전시회를 이해하기 시작했으며, 유럽 예술의 상징적 인물인 살바도르 달리는 자기 자신의 머리를 사용해 새롭고 위험한 깊이에 도전해보려고 준비하고 있었다.

브르통, 엘뤼아르, 달리를 포함한 강연 프로그램이 준비되었다.

달리는 잠수복을 입고 강연을 하기로 결정했고, 함께 머물고 있는 에드워드 제임스가 안전모 잠수복 제조사로 잘 알려져 있는 시브 앤드 고먼으로 그를 데려갔다. 기술자가 달리를 보더니 매우 심각해져서 물었다. "물론입니다, 선생님. 그런데 얼마나 깊이 가시기에 이 잠수복이 필요하신 건가요?" 이에 달리가 대답했다. "잠재의식의 깊이요!" 달리는 깊이 때문에 눈이 툭 튀어나온 괴물 같은 모습으로 갤러리에 도착했다. 벨트에는 보석이 박힌 단검을 꽂고, 목줄을 한 보르조이 견종 두 마리와 함께였다. 초현실주의 예술 작품 수집가인 에드워드 제임스는 헬멧 안에서 먹먹하게 흘러나오는 달리의 카탈로니아어를 영어로 통역하기 위해 그 가까이에 자리를 잡았지만, 말소리가 거의 들리지 않아 그의 말은 앞뒤가 맞지 않는다는 말로는 형용하기 어려운 것 이상이 되었다. 갑자기 알아들을 수 있게 되었던 말은, 다름 아닌 달리가 헬멧 안에서 숨이 막혀오기 시작하면서 외친 구조 요청이었다. 잠재의식이라는 극한의 압력에 맞서 그를 보호해주기로 되어 있던 헬멧은 벗겨지지 않았다. (…) 스패너도 소용이 없었다. 하지만 에드워드 제임스는 당구채를 들고 자세를 잡았고, 헬멧 앞면의 둥근 창을 움직이지 못하게 붙들고 있던 커다란 놋쇠 고리에 채가 보기 좋게 들어맞았다. 그 부분을 해결하니 헬멧의 나사를 뺄 방법을 찾을 시간을 벌 수 있었고, 달리가 계획했던 것보다 훨씬 더 극적인 이벤트가 되는 상황으로부터 그를 보호할 수 있었다.

경계는 극적인 상황을 포함한다. 경계는 가장자리이다. 경계는 상당 부분 정체성에 관한 것, 자신이 누구인지에 관한 것이다. 국경을 넘는 것은 단순한 일이 아니다. 지정학적으로 우리가 지금 살고 있는 세계에서 어디든 가려면 계속해서 정체를 증명해내야만 한다. 당신은 누구입니까? 우리가 확신할 수 있을 때까지 당신은 건너올 수 없습니다. 우리가 파악한 다음, 그때 당신이 건널 수 있는지 없는지를 우리가 결정하겠습니다.

경계는 하나와 다른 하나 사이의 차이점이다. 무언가의 결정적인 국면이다. 예리함을 암시하고 날카로움을 암시한다. 상처를 입힐 수 있고 자를 수 있다. 경계는 칼날이다—하지만 칼등 부분일 수도 있다.

경계는 견고한 물질의 두 면이 서로 만나는 지점이다. 이것은 씁쓸함을 의미하고, 성마름, 조급함을 의미하며, 가장자리가 존재함을, 우월함이 존재함을 의미한다. 우리가 바로 위로 넘어갈 수 있는 무언가이다. 우리가 그 남자 또는 그 여자 또는 그 대상보다 더 잘하고 있을 때 우리가 누군가 또는 무언가에 대해 갖게 되는 무언가이다. 우리가 신경에 거슬려 하는 무언가이다. 그리고 우리가 무언가의 날을 무디게 하면, 우리는 무언가를 좀 더 기분 좋은 것으로 만들게 된다—하지만 그것을 손상되게 만들기도 한다.

모든 대화, 모든 교환에는 항상 경계가 있다. 화자와 과묵한 청자 사이의 독백에도 경계가 있다. 사실상 모든 만남, 존재를 넘어 무언가와 함께하려고 하는 찰나의 모든 것 사이에는 경계가 있다.

경계는 마법이기도 하다. 무언가의 가장자리에는 금지된 종류의 마법이 있다. 비록 우리가 간과하거나 깨닫지 못하더라도 항상 무언가를 가로지르는 의식이 있다. 중세 시대에 결혼식은 교회 안이 아니라 출입구에서 이루어졌다. 사물과 장소의 가장자리에 대한 표시로서의 문턱이라는 의미가 추가된, 우리가 어떤 상태에서 다른 상태로 넘어가는 통로로 맞추어진 공간인 입구에서 이루어졌다. 18세기 사람들은 절벽이나 깎아지른 것 같은 가파른 비탈의 경계에 서 있는 것이 숭고한 것으로 알려져 있는 대상을 보기에 아주 좋은 방법이라고 생각했다. 100년 뒤 제라드 맨리 홉킨스는 심리적 극치의 힘으로서의 경계에 대해 썼다. "마음, 마음에는 산이 있네, 깎아지른 절벽 / 무시무시하게 가파르고 누구도 가늠할 수 없네. 그것들을 가벼이 여기어라 / 누구도 거기에 매달리지 않을지 모르니". 경계라는 개념은 양날이고, 거기에는 생존의 개념, 그리고 *무언가 너머에*와 같은 단어에 자연스레 근접한 개념이 포함되기 때문이다.

"사랑이 기다리는 곳은 / 바로 꽃잎의 가장자리다"라고 윌리엄 칼로스 윌리엄스는 〈한물간 장미The rose is obsolete〉에 썼다. 이 시는 종료됨, 끝나버린 무언가, 시적이고 자연스러운 쇠퇴로 시작하지만, 자연의 힘과 미학적인 상징성 모두에 의한 재건에 관한 시로 진행된다. 오래된 꽃, 구식의 시적 클리셰, 사랑의 꽃인 장미는

또렷하고, 부자연스러움에 맞서려

애쓴다 — 깨지기 쉬운

담대함, 촉촉함, 얼마쯤 느껴지는

냉혹함, 정밀함, 마음을 움직이는

그것

꽃잎의 가장자리와 그것

사이의 장소

꽃잎의 가장자리에서

무한히 미세한

강철의 존재가, 은하수를

관통하는 무한한 견고함이라는

하나의 선이 시작된다

그의 시에서 두서없이 자연스럽게 수행되고 있는 내면의 활동에서 윌리엄스는 완성되어 보이거나 완벽해 보이는 모든 것을 재건하는 방향으로 향하고 있다. 따로 떨어져 있고 끝난 것처럼 보이는 것조차 무한히 연결되어 있고 무한히 연결될 것이며, 이러한 연결은 누군가 그것을 허용하는 즉시, 누군가 참여하는 즉시, 참여하려고 시도라도 하는 즉시 이루어진다고 암시한다.

윌리엄 칼로스 윌리엄스에게 생각은 연결하는 다리이다. 디킨스의 《올리버 트위스트》에서 낸시는 런던 브리지에 모습을 드러내는 방법을 통해 상류사회 등장인물들에게 자신이 여전히 살아있다는 신호를 보낼 수 있었다. W.G. 제발트의 시집 《애프터 네이처》에서 제발트의 화자가 과거의 조각들을 마침내 이어 맞춘 건 "평화의 다리에서"이다. 하지만 그가 이 일을 해냈을 때 그는 거의 미칠 지경에 이른다. 왜냐하면 다리라는 것은 결심이 서지 않거나 조화되지 않은 존재 사이에 그려진 선이기 때문이다. 경계 사이에, 허공에 누군가를 매달아놓는 것이기 때문이다.

주제 사라마구의 소설 《돌뗏목》 도입부 문장에서 "조아나 카르다가 느릅나무 가지로 바닥을 긋자" 일대의 모든 개들이 짖기 시작한다. "고대 그리스 신화시대의 전설과 함께, 여기 피레네 산맥 동부 세르베르 지역에서" 머리가 셋 달린 신화적인 개*가 똑같이 짖기 시작한다. 이 개는 이후에 해당 지역의 이름이 되었는데, 그 개의 주인은 죽은 자들이 스틱스강을 건너게 해주는 나루터지기 카론으로, 그가 불러낼 때마다 짐작컨대 세 개의 머리 모두가 비슷하게 짖기 시작한다. 조아나 카르다가 바닥에 선을 긋는 동작이 그녀 자신과 사랑하는 사람 사이의 관계가 끝남을 상징한다는 것을 우리는 나중에 발견하게 된다. 하지만 조아나가 이 선을 그을 때 발생한 일은(그리고 이와 동시에 다른 등장인물의 쌍이 다른 쌍에게 무작위로 행동할 때, 누군가는 돌을 던지고 누군가는 단순히 앉아

* 케르베로스. 저승의 입구에서 영혼의 출입을 감시한다.

있던 의자에서 일어날 때 발생한 일은) 유럽 대륙이라는 구조에 균열이 나타난 것이고, 이 균열이 커짐에 따라 유럽이 말 그대로 산산조각나기 시작한 것이다. "내일 무슨 일이 일어날지 누가 알겠어. 까마득하게 오랜 시간 내내 견고하기만 했던 피레네 산맥인데, 지금 무슨 일이 일어나고 있는지 봐." 스페인과 프랑스에서 공무원들이 콘크리트로 균열을 막기 위해 몰려오고, 그들이 자신들의 수선 작업을 축하하기 시작하자마자 콘크리트는 더 커진 구멍 아래로 사라진다. 균열이 더 커지고, 경계가 되며, 당국이 이베리아 반도에서 심연을 가로질러 매놓은 굵은 줄이 팽팽히 당겨지더니, "그냥 흔한 줄처럼" 끊어져버린다.

> 더 강력한 무언가가 줄이 묶여 있던 나무와 말뚝도 뿌리째 뽑아버렸다. 그리고 정적이 흘렀다. 깨어나는 누군가가 첫 번째로 깊이 쉬는 호흡처럼 공기를 가로지르는 엄청난 돌풍이 느껴졌다. 그리고 도시, 마을, 강, 삼림지, 공장, 야생의 관목, 경작지로 뒤덮인 돌덩어리와 땅이 그곳의 모든 주민과 가축과 함께 움직이기 시작했다, 배는 항구에서 나와 다시 한 번 미지의 바다로 향했다

—우리를 초월하는 무언가, 변화하기 위해 살아 있는 무언가가 스스로를 내세운다. 한때 유럽 본토였던 것의 한 조각이 그저 저절로 떠내려간다. 그리고 분열에 관한 이 소설의 첫 페이지에서 사라마구가 첫 번째로 언급한 내용, 첫 번째 연결 다리, 첫 번째

연관 모티프가 마법이라는 점, 신화라는 점, 산 자와 죽은 자의 세계를 나누는 것이라는 점은 분명히 중요하다.

로마인들이 북쪽의 끝이라고 불렀던 영국 제도의 저 끝 가장자리에 관한 마이클 파월의 첫 번째 주요 영화 〈세상의 가장자리Edge of the World〉(1937)에서 글래스고 오르페우스 합창단 여인들이 오프닝 크레디트 동안 노래를 불렀던 것이 과연 우연이었을까? 여기 글래스고의 오르페우스와 관련된 또 다른 순간이 있다. 바로 에드윈 모건의 작품이다.* 오르페우스는 기쁨으로 가득하다. 그의 죽은 연인 에우리디케가 그의 뒤에 있기 때문이다. 에우리디케는 신의 사자 헤르메스(또는 머큐리)에 의해 지하세계에서 세상의 표면으로 다시 인도되고 있었다. 오르페우스의 음악에 감동한 하데스와 페르세포네가 에우리디케를 삶의 표면으로 보내준 것이었다. 단, 조건이 있었는데, 두 세계 사이에서 이동하는 동안 오르페우스는 에우리디케를 보기 위해 절대 뒤돌아보지 말아야 했다.

오백만 마리의 벌새가 켈빈 홀**에 앉았다 / 삼십만 명의 소녀가
더블 베이스를 들고 행렬을 이루어
인버키프로 향했다 / 육천 명의 아이들이 만이천 개의 연으로 로

* 에드윈 모건의 오르페우스 시는 시집 《글래스고에서 새턴까지》에 실렸다.

** 켈빈 홀은 스코틀랜드 글래스고에 위치한 전시센터의 명칭이며, 뒤에 이어지는 인버키프, 로스시, 페얼리는 모두 글래스고 인근에 있는 지명들이다.

스시를 끌어당겼다 / 이백 명의
배관공은 모닝 첼로로 페얼리의 침실 담당자들을 열광시켰다 /
사십 명의 아기는
헬리콥터에서 링 모양의 치발기를 던졌다 / 방심할 수 없는 길 /
오르페우스가 뒤를 돌아볼 때까지
그리고 거기엔 아무것도 없었다 오직 외로운 언덕과 하늘뿐 으슬
으슬한
바람이 존재했다는 것만 제외하면 / 그리고 새하얀 고통의
공간 그의 아내가 지옥에서 그의 손을 잡아 주었던 곳 / 그는 그
곳을 떠나
쓰러져가는 오두막집으로 정오에 돌아왔다 / 수레와 말과 함께 /
아주
더럽고 녹초가 된 소년들은
연기 속에서 놀았다 / 집시가 그에게 스프와 빵을 주었다 / 그
신성한 브로치를 위해 / 신성한 게 뭔지
누가 신경이나 쓰겠어, 그가 말했다 /

오르페우스는 특정 경계선을 잘못 넘은 뒤, 결코 어디에도 속하지 않는 집시가 있는 무언가의 경계 밖으로 추방된 것이다. 신성의 경계선에 도전한다는 것은 릴케의 시 〈오르페우스. 에우리디케. 헤르메스〉에서처럼 항상 불확실한 요소로 가득하다. 릴케는 제목에서부터 각 이름 뒤에 마침표를 찍어둠으로써 이미 완전한

분리와 최종적인 상태를 표현하고 있다. 릴케는 에우리디케를 지상으로 다시 데려오려고 노력하는 것에는 그저 아무런 의미도 없음을 시사한다.

그녀는 새로운 처녀성의 상태가 되었으며
손대서는 안 되는 존재가 되었다. 그녀의 성sex은
해 질 녘 어린 꽃처럼 닫혀버렸고, 그녀의 손은
결혼생활에 너무 익숙지 않아 신의
무한히 다정한 인도의 손길도
그녀를 다치게 했다, 원하지 않는 키스처럼.

그녀는 더 이상 시인의 노래를 통해 울려퍼지던
그 푸른 눈의 여인이 아니었다,
더는 넓은 소파의 향기도, 섬도 아니었고
더는 남자의 소유물도 아니었다.

그녀는 이미 긴 머리카락처럼 풀어헤쳐졌으며,
떨어지는 비처럼 마구 쏟아졌고,
무한한 물자처럼 공유되었다.

그녀는 이미 뿌리였다.

에우리디케는 경계를 넘는다. 그리고 세상을 바꾸었다. 실비아 플라스는 릴케의 에우리디케에서 중대한 영향을 받은 게 분명한 시 〈경계Edge〉에서 끝end과 끝남ending에 관심을 보일 뿐 아니라, 마무리 짓기finishing와 비극적 완료completion의 유구한 미적 전통에도 관심을 보인다.

여자는 완성되었다.
그녀의 죽은

육체는 성취의 미소를 띠고,
그리스적인 숙명에 대한 환상이

그녀가 걸친 토가의 소용돌이무늬에서 흐르니,
그녀의 벌거벗은

두 발이 말하는 듯하다.
'우린 여기까지 왔지만, 이제 끝났어'라고.

죽은 아이들은 하얀 뱀처럼 똬리를 틀었다,
한 명씩 각자의 조그만

우유 주전자에, 이제 주전자는 텅 비어버렸지만.

여자는 자신의 몸 안으로

아이들을 포개어 넣었다 마치 장미의
꽃잎이 닫히는 듯하다 이때 정원은

공포로 뻣뻣해지고 악취가 피처럼 배어나온다
저 밤에 피는 꽃의 달콤하고 깊숙한 목구멍으로부터.

달에겐 슬퍼할 어떤 것도 없다,
여자의 뼈 두건을 가만히 바라볼 뿐.

여자는 이런 일에 익숙하다.
그녀의 어두운 옷들이 질질 끌린다.

"완성되었다"라는 단어의 다음 행에 있는 두 단어 "그녀의 죽은 Her dead"(4행 뒤에 "그녀의 벌거벗은 Her bare"과 조화를 이루며 이어진다)이 지닌 순전함은 잔혹하리만치 꾸밈이 없으며, 이것이 다음 행에서 "미소"나 "성취"와 같이 풍부하고 복잡한 만족감과 만나면서 외설에 가까운 통제감을 암시하게 된다. 하지만 생식력에 대한 거부감을 표현하는 이 시는 동시에 클레오파트라적인 화려함의 몸짓이기도 하다. 그러니까, 여타 모든 시에 등장하는 달과 장미의 불완전함을 밝힌다는 것은 곧 그것들을 삶과 죽음 사이의 경계

위에서 무심함이라는 것으로 환원한다는 것, 재창조한다는 것이다. 그 경계에서는 오직 연속성만이 수줍게 애도를 한다. 마지막 행에서 반복되는 유운에서 암시되듯 말이다.*

이 경계에 대한 논란은 없다. 그것은 사실상 고정불변하게 정해져 있는 것이다. 하지만 앨러스데어 그레이의 소설《1982, 재닌》을 보자. 한 외로운 남자가 자살을 시도하는데, 그는 아침식사가 제공되는 숙박시설에서 스스로의 죽음을 시도하던 중 자신보다 우월한 입장에 있는 어떤 예상치 못한 목소리에 의해 신체에서 쫓겨난다. 알약과 술이 최악의 효과를 나타내자, 페이지는 갑자기 기둥이 되었다가, 이내 볼드체와 이탤릭체가 혼합된 다이아몬드 모양의 텍스트가 되기 시작한다. 몇 개의 목소리가 동시에 말을 한다. 왼쪽 여백에서, 페이지 가장자리에서 말하는 목소리는 조그맣게 짜낸 서체로 말을 쏟아낸다.

> 들어봐, 난 당신이 불러서 왔어 그런데 지금 뜨거웠다 차가웠다 하는 당신의 말의 홍수는 가장자리에서 나에게 한 마디도 허락하지 않지. (…) 들어봐, 난 당신이 명령을 듣던 존재가 아니야 주인이 아니야 진정한 제작자는 그들이 만든 것을 절대 소유하지 않아 나는 권한이 없어 진짜 제작자들을 서툴게 도우면서도 잘만

* Her blacks crackle and drag. 원문의 각 단어에서 유사한 음이 사용되고 있다.

살아가는 잘나가는 서민 앞잡이 나는 미지의 존재가 아니야 나는 왕도 판사도 관리자도 감독관도 감독도 지주도 총지배인도 아니고 무언가의 대가도 아니야 컴퓨터 전문가도 플래너도 법률가도 회계사도 성직자도 경찰도 선생도 의사도 관대하다고 하기엔 너무 모진 아버지도 아니야 나는 천둥을 지배하지 않고 당신을 위협하지도 않아 당신을 떠나지도 않을 거야. (…) 들어봐 나는 가벼운 공기 매일 먹는 빵 평범한 인간의 따뜻함 일반적인 땅이야 모든 자국을 흡수했다가 떨어진 건 모두 소생시키고 자신의 씨를 망치지 않은 모든 것을 되돌려주지 내가 가진 힘 하나는 그게 균형이 잘 맞지 않는 것이라면 어느 것도 쉬도록 두지 않는 것이야 나의 유일한 지성은 당신이 스스로를 망각할 때 당신이 내게 빌려준 것이지

그레이의 작품에서 여백은 물리적으로, 정치적으로, 그리고 주제 면에서 삶으로 들끓는다. 여기서 삶은 주류의 권위를 거부하는 데서 오는 힘을 취하는 권위에 의해 생명력을 얻는다. 그의 첫 번째 소설《래나크》(1981)는 미래적인 판타지와 현실주의를 나란히 융합해 두 장르를 화학적으로 변화시켰다. 소설의 에필로그에서 그레이는 본문 텍스트 옆의 여백을 자신이 표절의 인덱스라고 칭했던 것으로 채웠다. 그는 47장(존재하지 않는 장)에서 표절한 출처라며 491페이지의 여백에 온전한 단편소설 한 편을 포함시켰다. 이 단편소설은 20세기 스코틀랜드의 픽션 형식을 부활시킨

또 다른 작가 제임스 켈먼의 〈애시드〉라는 작품이었다.

> 잉글랜드 북부에 있는 이 공장에서 산성 물질은 필수였다. 그것은 여러 개의 커다란 탱크에 담겨 있었다.
>
> 그 위에는 좁다란 통로가 놓여 있었다. 이 통로가 완전한 안전장치를 갖추기 전에 한 젊은 남자가 발을 헛디뎌 통 안에 빠졌다. 그의 괴로운 비명 소리가 부서 전체에 울려 퍼졌다. 단 한 명의 노인을 제외하고 덩치가 큰 남자들은 너무 겁에 질려 한동안 누구도 움직이지 못했다. 순식간에 이 노인, 그 젊은 남자의 아버지이기도 했던 이 노인은 커다란 장대를 들고 그곳으로 기어올라가 통로를 따라 걸어갔다. 미안하다 휴이야, 남자가 말했다. 그러더니 젊은 남자를 수면 아래로 쑥 밀어넣었다. 그 노인은 분명 그렇게 해야만 했다. 왜냐하면 오직 머리와 어깨만이. (…) 사실, 산성 물질 위로 보이던 것들만이 젊은 남자에게 남아 있던 전부였기 때문이다.

일부는 농담, 일부는 출처가 의심스러운 이야기, 일부는 익살스러운 순간, 일부는 신경을 긁는 이야기, 이렇게 따로 떨어져 어떤 경계에 존재하는 순간은 경계의 날카로움을 보여주는 동시에 편집의 힘을 보여준다. 여백은 공간을 위해 밀려나 편집의 에너지에 의해 빛나기 때문이다. "마치 산성 물질을 이용해 쓴 것처럼 나는 세심한 주의가 필요함을 느낀다"고 캐서린 맨스필드는 메모를 남겼다. 유럽에 망명한 뉴질랜드인으로 언제나 외국인이었고 그녀가 블룸베리라고 불렀던 그룹의 미학적 가장자리에 존재했던 그녀는 학창시절부터 그 이후로 쭉 언제나 외부인이자 "조그만 식민지 사람"이었다. 규범적인 모더니즘의 관점에서나, 단편소설이 하나의 형식으로서 비판적 주목을 얼마나 적게 받고 있는지—이 문장이 그녀의 노트에 적혀 있었다—의 관점에서나 그녀는 여전히 과소평가되며 주변적 인물로 존재했다. 어떻든 그녀는 예리하고 신랄한 이야기들을 썼다. 그 이야기들은 단편소설의 형식을 바꾸었고, 모든 한계선들을 가로질렀으며, 형식상의 발전을 이끄는 자기만의 기준선을 그려나갔다.

문학적 방랑은 맨스필드가 로버트 루이스 스티븐슨에게서 봤던 것으로, 스티븐슨은 희망에 찬 여행이 목적지에 도착한 것보다 낫다고 했다. 반면 작가 엘리자베스 하드윅은 여행에 대해 "여행을 할 때 첫 번째로 발견하게 되는 것은 자신이 존재하지 않는다는 것이다"라고 말한 바 있다. 문학평론가 로나 세이지는 맨스필드가 평균적으로 1년에 얼마나 여러 번 레지던스나 도시를 바꾸는지를 언급하며 맨스필드를 "이사하기 좋아하는 가장 훌륭한 모더니스트 작가 중 한 명"이라고 칭했다. 세이지는 맨스필드의 경우 단편소설의 형식은 그녀가 "다른 어느 곳에서도 그만큼 느껴보지 못한 (…) 집처럼 느끼는" 하나의 장소였다고 완곡히 이야기하기까지 한다.

3. 숲의 가장자리
: 우리를 방황하는 앵거스 속에 끼워 넣기

여기에서 당신의 이야기가 멈추었다. 이전에 〈형식에 관하여〉가 조각나 각종 메모가 되었듯이 말이다. 나는 당신 안의 이런 망가진 부분이 좋았다. 하지만 난 스크린에 관해 장황하고 유창하게 이야기하는 당신의 글을 읽는 것을 사랑했다. 영화를 좋아한 건 당신이 아니라 나였다. 우리는 이 문제에 대해 수없이 많이 입씨름했다. 그리고 파월·프레스버거의 과녁에 관한 이야기도 내가 실제로 당신에게 말한 적이 있는 것이었다. 사실 당신에게 그런 유의 것들을 많이 말했었다. 채플린과 히치콕에 관해서도, 당신이 나와 함께 앉아 그 둘을 보게 했던 것도 바로 나였다. 나는 내가 했던 말을 당신이 글로 썼다는 게 너무 신기했다. 아주 신나는 일이었다. 기분 좋게 느껴졌다. 그리고 나는 다리 위의 낸시에 관한 부분에 도달했을 때 자리에서 등을 세우고 똑바로 앉았다. 마치 우리가 같은 책을 읽고 있는 것 같았다. 마치 당신이 바로 내 앞에서 읽고 있는 것 같았다.

〈경계에 관하여〉에서 남은 건 당신이 타이핑하고 인쇄했던 한 편의 시, 엘리자베스 비숍의 〈하나의 기술〉이었다. 당신은 옆 여백에 연필로 당신만 읽을 수 있을 것 같은 글씨로 적었다. *빌러넬* 형식은 잃어버린 모든 것들을 안전하게 간직하고 있는 동시에 해방시키고 길을 잃게 만든다. 중요한 건, "당신을 잃는 것"이라*

는 핵심, 그 지점, 그 가능성(강이나 대륙을 상실하는 것보다 아주 많이, 훨씬 더 좋지 않다)에 이를 때까지, 상실의 수준이 차곡차곡 쌓여 농담거리가 되는 방식임.

나는 시를 읽었다. 웃음이 났다. 시인이 스스로에게 맞선 방식이, 거짓을 말해 운율을 맞추는 방식이 좋았다. 당신은 예이츠의 시, 낚시를 갔다가 낚싯줄로 아름다운 소녀를 잡았으나 곧 여자가 사라지자 여자를 찾아다니며 그녀의 손을 잡을 때까지 계속해서 방랑하기로 맹세한 원더링 앵거스라 불리는 남자에 관한 그 시와 스티비 스미스의 〈페어리 스토리Fairy Story〉라는 시, 숲에 갔다가 길을 잃은 화자에게 노래를 불러달라고 하며 그렇게 하면 시간이 지나갈 거고 자신의 손을 잡으면 더는 두렵지 않게 되리라 말하는 한 "생명체"를 만나는 어떤 사람에 관한 시를 비교하기로 계획했던 게 분명했다. "나는 노래를 불렀다, 그는 나를 보내주었다 / 지금 나는 집에 돌아왔지만 아는 이가 하나도 없다." 그다음에 당신은 이렇게 적었다. *두 시인 모두 다른 사람과의 만남 때문에 집을 잃었다, 두 만남 모두에 노래와 손이 포함됨.*

당신은 그리스 신화에 나오는 한 남자에 관해 썼다. 나는 그의 이름을 읽어낼 수 없었다. 음악을 너무도 아름답게 연주해 아폴로 신이 연주를 겨루어보자고 도전했다는 사람이었다. 아폴로는

* 19행 2운체로 고정된 형식의 시.

이렇게 말한다. 내가 이기면 산 채로 너의 껍질을 벗겨버리겠다. 남자는 동의한다. *당연히 신이 승리.* 당신은 이렇게 적었다. *항상 신이 이기기 때문. 하지만 피부를 잃게 된 남자가 연주한 음악은 감동의 눈물의 자아내고, 그 어떤 신이 할 완벽한 연주보다 더욱, 남자를 둘러싼 살아 있는 모든 것들을 감동하게 함.* 이 그리스 신화 아래에 당신은 이렇게 적었다. *책과 피부: 책에는 책등이 있다. 동물에게 척추가 있기 때문— 주의할 점. 책등에서 접히는 부분을 형성하는 가죽 조각은 원래 잘린 가죽 부분 중 동물 등뼈가 접히는 부분과 일치함.*

나는 일어섰다. 방을 한 바퀴 걸으면서 모든 선반 위에 있는 책을 모두 보았다. 나는 거실을 가로질러 가 벽난로 선반 위의 사진을 집어 들었다. 우리가 정원에 있는 사진이었는데 당신은 새빨간 대황 줄기 옆에서 커다란 초록색 대황 잎으로 나에게 부채질을 해주는 시늉을 하고 있었다. 자기야, 줄기가 시들어 말라 있네. 사진은 당신이 죽었다는 것을 말해주고 있었다.

하지만 그 사진은 어떤 면에서 나 역시 죽었다는 것을 의미하기도 했다.

세상에. 지하세계에서 당신을 데려올 기회가 내게 생긴다면, 저 아래로 내려가 그들을 설득하고 당신을 집에 데려올 수 있다면, 나는 절대 뒤돌아보지 않을 것이다.

그런데 어쩌면 당신은 돌아오고 싶어 하지 않을지도 모른다. 어쩌면 시에 나오는 여인처럼 당신은 이미 뿌리일지도 모른다. 어쩌면 그래서 나의 상상조차 당신을 더는 불러오지 못하는 것일지도.

팔 끝에 있는 손을 상상한다. 그게 말을 한다고 상상한다. 그게 만약 당신의 손이라면, 그건 독단적일 것이고, 아마도 미켈란젤로 이야기를 할 것이고, 무언가 지적인 이런 얘기를 하고 있을 것이다. *미켈란젤로 그림 기억나? 전시 중일 때 내가 데려갔었는데, 남자가 꿈에서 깨어나던 그 그림 말이야. 그 아름다운 남자는 가면 상자 위에 앉아 어쩐지 엉덩이 아니면 복숭아를 닮은 것 같은 모양의 커다란 공에 기대고 있지— 남자가 어떻게 깨어났는지 생각해봐. 거꾸로 된 자세로 남자 위를 맴도는 날개 달린 소년이 가느다란 트럼펫을 남자의 이마에 너무 가까이 들고 있어서 당신은 거기에 남자의 머리카락이 거의 닿는 것처럼 느껴진다고 했잖아. 그건 마치 남자가 다시 태어나고 있는 것 같았지, 기억나? 하지만 남자는 꿈에서 깨어나고 있는 걸까, 아니면 꿈에 빠져들고 있는 걸까?*

아, 당신 손과 같은 손이라면 난 그게 나를 어디로 데려가든 내버려둘 것이다. 심지어 뼈가 바닥에 이리저리 흩뿌려져 있는 길, 마치 프랑스의 쇼베 동굴에 관한 베르너 헤어조크의 영화에서 보았던 동굴 바닥 같은 그런 길이라 해도 그렇게 할 것이다. 쇼베 동굴 벽에서 사람들은 수만 년 된 동물 그림을 발견했다지. 머리가 넷 달린 아름다운 말, 기다란 뿔이 있는 생명체. 뼈 위에 있던 가장 처음의 예술. 그곳처럼 뼈가 흩뿌려진 길 위라 해도, 당신의 멋진 손을 잡고서라면 난 괜찮을 것이다.

거기서 우린 아마 해골 안을 걷고 있는 것 같을 것이다. 동굴 안의 바위는 모두 반짝이가 박힌 리넨처럼 모두 겹겹이 접힌 지층의 형태일 것이다. 그리고 우리는 강을 건널 것이다. 개의 머리가 셋 달린 배를 타고서일 테지. 나는 손과 팔을 노로 사용할 수 있을 것이고. 우리는 당신이 집에서 가져온 모든 것들로 어지럽혀진 방에 도착한다. 우리가 우리 삶에서 소유하고 있던 온갖 종류의 물건들, 오래된 옷과 신발, 낡은 칫솔, 이미 쥐어짠 오렌지 반쪽, 그런 것들이 모두 거기 있을 것이다. 우리 인생의 중고품 가게처럼, 어떤 면에서는 이베이 같기도, 혹은 인터넷 같기도 하게.

그리고 우리는 거기를 통과할 것이다. 나는 당신 팔을 꼭 잡고 어두운 방으로 들어갈 것이다. 세 개의 어두운 벽과 하나의 밝은 벽—빛은 벽 뒤에서 비춰오고 있을 것이다. 그리고 나는 벽으로 가 벽을 잘라낼 것이다. 무엇을 사용할지는 나도 모르겠다. 잡동사니로 가득한 방 안에는 내가 사용할 수 있는 게 뭐라도 있을 수밖에 없다. 펜나이프라든지, 날이 있는 무언가라든지. 나는 어떻게든 그 일을 완수할 것이다. 그건 그저 스크린일 뿐이다. 거기, 그 너머에, 온전히 하얗기만 한 공간 안에, 성스러운 그림에 나오는 형상처럼 당신이 서 있을 것이다. 당신은 더는 망가져 있거나 찢겨 있거나 부패해 있지 않을 것이다. 당신은 온전하고 아름다울 것이고 그림에 나오는 르네상스 성인의 머리에서 광대한 금빛이 뿜어져 나오듯 당신의 머리에서는 빛이 뻗어나갈 것이다. 누군가의 후광을 보고 그 사람이 자신의 삶에 어떻게 유일한 빛이 되었는지를 노래한 비욘세의 노래에서처럼, 당신은 금빛 후광으로 둘러싸여 있을 것이다.

나는 이렇게나 천박하다. 이게 바로 내가 미켈란젤로의 꿈과 얼마나 동떨어진 사람인지를 말해준다. 이게 바로 *나의* 너무도 진짜인 팔 끝에 붙어 있는 손의 입이 하고 있을 행위인 것이다. 그러니까 도리스 데이의 「렛 더 리틀 걸 림보」나 비욘세가 부른 어떤 노래처럼 시시한 허섭쓰레기를 흥얼대는 것. *지금 내가 바라보고 있는 모든 곳. 당신의 품이 나를 감싸요. 당신의 후광 안에 서 있어요.**

이게 리미널이라는 건가? 내가 당신을 처음 봤을 때, 당신이 나를 스쳐 지나가던 날에 뿜어져 나오던 그 빛? 당신에게서 빛이 났다는 건 무언가로부터 빛을 받았다는 것이고, 그건 일반적인 종류의 빛이 아니었다. 당신이 너무도 아름다워 나는 그 방을 떠나야만 할 것 같았다. 맹세컨대 당신의 아름다움이 내 피부의 표면을 바꾸어놓고 있었다.

후광 후광 후광, 그다음에 무슨 일이 벌어지냐고? 나는 잠에서 깨어났고 그건 모두 꿈이었다. 아니. 그보다 난 잠을 잔 적이 없었던 것 같고 그 모든 건 여전히 실제 같았다.

앞서 내 하포 마스풍 코트라는 것도 결국 그런 것이었다. 하포

* 비욘세의 노래 「헤일로」의 가사 일부이다. halo는 후광이라는 뜻이다.

마스가 진짜 20세기 지하세계로 안내하는 가이드라고 상상해본다. 마치 브뤼헐의 그림을 가로지르는 듯한 하포 마스. 그리고 내 아트풀 다저 식의 주머니도 마찬가지였다. 내가 제대로 기억한다면 이야기 속에서 그에게 언제든 일어날 수 있는 일이란, 그가 코담뱃갑보다 못하게 여겨져 언제든 바다 건너로 보내질 수 있다는 것이었다. 추방됨, 이게 딱 맞는 표현이다.

나는《올리버 트위스트》를 집어 들고 페이지를 앞으로 휙휙 넘겨보았다—그러다 손에 든 책에서 페이지 몇 장이 떨어져 나갔다. 그래서 시간을 들여 셀로테이프를 사용해 페이지를 책등에 붙이고 읽을 수 있는 형태로 만들기 위해 노력했다. 그러고 침대로 가서 휴대폰을 충전하려고 전원을 연결할 때가 되어서야 비로소 메시지 하나를 놓치고 있었다는 걸 깨달았다.

상담사였다. 안녕하세요, 그녀가 말했다, 전화까지 한 걸 이해해주세요. 다시 말하지만 이전엔 이런 일이 없었는데, 하지만 최대한 빨리 알려드리고 싶어서요. 그 언어 말이에요, 우리가 얘기했던 그 언어는 진짜 *존재*하는 거였어요. 근데 그리스어 같지는 않아요. 에포모니는 인내심을 갖는다는 표현에서처럼 인내를 뜻하는 그리스어예요. 가이드 어 러커스는 작은 당나귀를 말하는 것 같아요. 스푸 야타키는 작은 참새를 말하고요. 트래브 어 브로스는 넘어가다, 계속하다, 진행하다, 아니면 무언가의 앞으로 이동하는 걸 의미해요. 남편이 해석이 불가하다고 말한 단어가 하나 있는데, 그게 원래 의미하는 건 진짜 공을 사기에는 너무 가난하거나 희망이 없는 사람들이 축구공을 만들기 위해 누더기 또는 헝겊을 서로 묶은 덩어리래요. 인간으로 치면 아웃사이더, 바보, 무언가의 경계에 있는 사람, 너무 무지해 적합하지 않은 사람, 혹은 옛날 말로 백치를 뜻한대요. 클럿 쏘 스쿠피 말이에요. 그리고 딱 하나만 더요. 남편이 이게 전부 다 노래래요, 이 단어들이요. 그리고 그게 전부 다 어느 한 그리스 여배우와 관련이 있다네요.

그녀는 내가 알아들을 수 없는 한 이름을 말한 다음 작별 인사를 했다. 자동 응답기의 목소리는 해당 통화를 7일 동안 저장하려면 전화기의 숫자 버튼을 누르라고 나에게 말했다.

나는 그 메시지를 다시 들었다. 당나귀? 참새? 백치?

나는 침대의 내 자리로 들어가 베개 위에 다시 머리를 뉘였다. 나는 당신 자리 쪽으로 팔과 다리를 쭉 폈다. 그리고 매트리스 한가운데로 몸 전체를 옮겼다, 숙면을 취하기에 사실상 최고인 자리였다.

나는 두 눈을 감았다.

인내심이라.

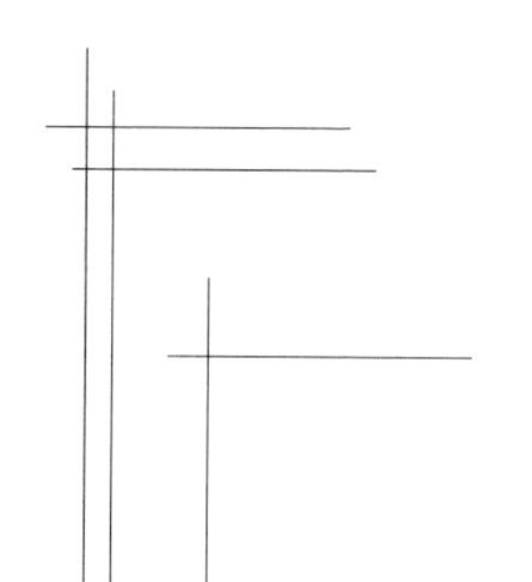

제4장

제안 및 반영에 관하여

오직 달만이 고조에 달하고
사랑하는 사람들이 모든 슬픔을 감싸안은 채
잠자리에 누워 있을 때
고요한 밤에 발휘되는
나의 솜씨 또는 침울한 예술로
나는 빛을 노래하며 고군분투한다,
야망이나 생계를 위한 것도
상아로 만든 무대 위에서
뽐내거나 매력을 거래하려는 것도 아니다
다만 가장 비밀스러운 그들의 마음이라는
평범한 대가를 위해서이다.

물안개 덮인 종이 위에
내가 쓰는 건 맹렬히 빛나는 달에서
멀리 떨어진 오만한 자를 위해서가 아니라
성가대와 찬송가가 함께하는
비범한 죽음을 맞은 자를 위해서가 아니라
세월의 슬픔을 서로의 양팔로 감싸안은
사랑하는 사람들을 위해서이다
나의 솜씨나 예술에 칭찬도 보답도 않고
주의를 기울이지도 사람들을 위해서이다.

_딜런 토머스, 〈나의 솜씨 또는 침울한 예술로 In My Craft or Sullen Art〉

늦겨울에도 언제나 첫 번째 날은 있기 마련이야—보통 1월 말경이지만 겨울이 얼마나 혹독했었는지에 따라 다르지—이때는 벌거벗은 나무의 몸통이 초록빛으로 빛나고 나뭇가지 끝의 봉오리들이 나무의 나머지 부분보다 살짝 더 밝게 빛나. 나무껍질 바로 안쪽의 변재가 다시 일하기 시작하는 날, 목질부 수액이 나무의 동맥, 그러니까 나무가 동맥 대신 갖고 있는 그것을 겨우내 뿌리에 저장해두었던 수액과 미네랄로 채우는 날이야.

변재는 색이 더 엷고 나무 몸통의 바깥쪽에 있고, 더 어두운 색을 띠는 안쪽의 심재 둘레와 맞닿아 있어—심재는 이미 다 사용해버리고 죽은 변재로 만들어져. 이것이 바로 나무가 성장하는 방식이야.

그런 다음 2월에도 언제나 첫 번째 날이 있지. 어둠에 맞서 대낮의 빛이 둑을 쌓아 누구라도 알아채지 못할 수가 없는 때야.

그러면 이제 봄이야, 4월이 다 되어가는 3월에는 정원이 겨울과 봄에 걸쳐 피는 꽃을 한 방에 떨쳐버리고, 서머타임으로 시간이 당겨진 뒤 첫 번째 월요일이 되면 7시 정각에도 밝아. 나는 누구에게 말하고 있는 걸까? 나는 이 얘기를 누구에게 하고 있는 걸까, 올해에 첫 번째로 맞는 밝은 저녁에 거실에 앉아 〈올리버!〉* 라는 DVD를 보고 있었고, 해리 세컴이 장의사로 분한 레너드 로

* 1968년에 발표된 영국 뮤지컬 영화로, 범블 역에 해리 세컴, 소워베리 역에 레너드 로시터, 그리고 올리버 역에 마크 레스터가 기용되었다.

시터에게 팔아버린 마크 레스터가 관으로 가득한 방 안에 갇혔을 때, 그가 관 사이에 앉아 사랑이 어디에 있는 건지, 저 위에 있는 하늘에서 떨어지는 것인지, 줄곧 꿈꿔온 버드나무 아래에 있는 것인지에 관한 노래를 부를 때, 그가 지하 저장고 벽 높은 곳에 있는 창살로 다가가 거기에 기대 노래를 부르던 중 갑자기 예상치 못하게 주어지는 건—바로 그 순간, 올해, 지금은 7시 정각이 지났고 이 시간에도 밖이 다시금 밝다는 걸 내가 깨달았다는 그런 이야기?

마크 레스터는 구빈원과 장의사의 집을 거친 뒤에, 놀라워 보이는 그 모든 열매와 꽃들을 찾으러 런던 코벤트 가든으로 향하게 된다. 하지만 도중에 잭 와일드, 그러니까 다저와 마주치게 되는데, 다저는 이 도망자와 친구가 되는 것이 어쩌면 이득이 될지도 모른다고 판단해 지나가던 제빵사의 쟁반에서 롤빵을 훔쳐 자기는 일부만 떼어 갖고 나머지 덩어리를 굶주린 소년에게 던져준다. 그리고 다저는 그에게 숙식을 제공하면서 가족의 일원이라고 생각하고 편히 지내라고 말한다. 그리고 올리버를 흥겨운 춤으로 이끄는데, 춤이 끝날 때쯤에는 런던 전역이 색채와 안무로 가득한 오픈 페스티벌로 물들게 된다.

내가 어렸을 때 이 영화를 보고 알게 된 것인데, 이 노래와 춤은 행복이 어떤 모습인지, 무엇이 행복이 될 수 있는지를 보여준다. 지금까지도 이 영화를 다시 볼 때마다 그 순간은 여전히 새롭다. 같은 장면을 아주 여러 번 봤지만 마치 처음 같다. 이를테면 다저가 올리버를 노래로 맞아들일 때, 노랫말의 앞부분만 부르고 나머지 반은 새로 온 소년이 화답하듯 들려주기를 기다리는데, 그의 이런 행동은 마치 질문과도 같고 질문과 답변이 서로 만나는 것과 같다. 나는 이 장면을 속속들이 잘 알지만 전에는 그 사실을 결코 알아채지 못했다.

〈올리버!〉에 대해 쓸 수도 있겠네. 나는 당신이 그 강연의 마지막 부분을 쓰고 있을 때 이렇게 말했었다—그러니까 당신이 마무리를 하려고 애쓰고 있었지만 난관에 부딪혔다고, 어느 지점에서 막혔다고 말했을 때였다. 당신이 어렵다고 하는 건 놀라운 일이 아니었다. 당신은 상태가 그리 좋지 않았다. 그래서 나는 당신에게 스스로에게 좀 관대해지라고 말할 수도 있었다. 하지만 그렇게 말하는 건 내가 여기 문 앞에서 지켜보고 있어, 라고 말하는 것과 같을 것이기 때문에 대신 나는 "제안에 관하여"에 〈올리버!〉에 대해 쓸 수도 있겠네, 라고 말했던 거다. 영화에서 올리버는 제안되는 무언가였으니까. 이에 관한 하나의 온전한 노래가 있었다. 「소년을 팝니다Boy For Sale」라고. 아무도 소년을 데려가지 않아 가격이 계속해서 내려갔고, 결국 장의사가 올리버를 샀을 때 올리버는 아주 싼값이었다.

당신은 당신 책상에 앉아 있었다. 당신은 돌아보지 않았다. 고개를 저었다.

그래도 돼, 내가 말했다, 요즘 대학에서 그런 유의 것들에 관해 이야기하면 사람들이 긍정적으로 생각하고 *좋아*할 거야. 요

샌 〈캐리 온〉 시리즈*나 〈코로네이션 스트리트〉** 같은 것들을 전적으로 다루는 대학 과정도 있어. 〈미션 임파서블〉 시리즈에서 톰 크루즈 머리카락의 방향 변화를 다루기도 하지.

마지막으로 말한 것은 진짜였다. 내가 지어낸 게 아니었다. 실제로 버스에서 만났던 어떤 여자애가 자신의 박사 학위 주제가 그것이라고 말한 적이 있었다. 나는 집에 와서 그 얘기를 했고 당신은 웃었다. 당신은 지금 이 얘기를 듣고 또 웃었다. 나에게 10점을.

고마워, 당신이 말했다. 나는 그저 집중을 하고 싶어, 그냥 이걸 끝내고 싶어.

당신이 나를 돌아보는데 고통스러워 보였다. 아니, 당신은 고통스러워 보이는 게 아니었다, *실제*로 고통스러워하고 있었다. 고통에 창백해져 있었다.

당신은 〈올리버!〉에 나오는 시장에 대해 쓸 수도 있어, 내가 말했다. 「그렇게 생각해Consider Yourself」를 부르는 장면 말이야.

당신은 대답으로 손을 저었다.

「그가 나를 원하는 한As Long As He Needs Me」을 부르는 낸시에 관해 쓸 수도 있어, 내가 말했다. 그건 모두 관대함에 관한 것이랄까. 낸시는 전부 희생했지. 세상에, 그렇게 생각해보면 영화 전체가 관대함과 희생에 관한 이야기네.

* 1958년에서 1992년 사이에 제작된 영국의 코미디 프랜차이즈 시리즈.

** 세계에서 가장 오래 방영된 영국 드라마.

소설로 읽어볼 생각을 해본 적 있어? 당신이 말했다.

읽었어, 내가 말했다. 몇 년 전에.

당신은 책을 다시 읽고 싶은 건지도 몰라, 당신이 말했다. 다시 읽으면 거기에 노래가 그렇게 많지 않다는 걸, 페이긴의 소년 무리는 최대한으로 사악하다는 걸, 빅토리아 시대 작가가 표현할 수 있는 한도 내에서 페이긴이 아동 포르노 업자나 마찬가지로 그려지고 있다는 걸, 디킨스의 자비심, 디킨스의 관대함은 그가 창조해내는 어두운 면에 비추어볼 때 놀랄 만한 것이라는 걸 알게 될 거야. 그리고 서로를 거울처럼 반영하는 등장인물들도 훌륭하지. 이를테면 로즈와 낸시, 올리버와 다저, 올리버와 딕—

딕이 누구야? 내가 말했다. 영화에 딕이라고 하는 등장인물은 없는데.

여긴 *정말* 할 게 많네, 당신이 말했다.

내가 당신을 위해 가사를 좀 찾아줄 수도 있어, 내가 방 안으로 더욱 깊숙이 들어가며 말했다.

당신은 교통경찰처럼 손을 펴고 위로 들어 올렸다. 다른 손으로는 컴퓨터의 화면을 가렸다. 그러니까, 나가라는 뜻이었다.

알겠어, 내가 말했다. 필요한 거 있으면 불러.

나는 DVD 플레이어의 〈올리버!〉를 일시정지 해두었었다. 창살이 있는 창문에서 마크 레스터가 놀란 듯 응시하고 있었다.

나는 나의 창문을 내다보았다. 단풍나무에 싹이 나 삐죽삐죽했다. 하나의 나뭇가지 위에 두 마리의 염주비둘기가 가까이 앉아 있었다.

브라이턴의 자선가게에서 집어 들었던 책에서 읽은 새알에 관한 내용이 기억났다. 새의 알이 얼마나 맑고 투명한지, 안에 있는 새끼가 숨을 쉴 수 있도록 아주 작은 공기 관이 어떻게 줄지어 여러 층을 형성하는지, 또한 알 껍질의 두께가 그 위에서 새가 알을 품으며 가하는 압력을 견딜 수 있는 두께와 얼마나 정확히 일치하는지 따위의 내용이었다.

내가 한 가게에 들어가서 책 한 권을, 아니 책 두 권을 가져가면서 돈을 지불하지 않는다고 상상해본다. 나는 당시 상태가 매우 좋지 않았던 게 분명하다.

밖에 있는 염주비둘기는 쌍이었다. 둘은 서로를 마주보고 짝짓기 춤을 추고 있었다. 서로에게 몸을 가까이 밀착하고 서로의 움직임을 따라하고 있었다. 머리 하나가 올라가면 다른 하나도 올라갔다. 머리 하나가 내려가면 다른 하나도 내려갔다.

나는 정지된 화면에 올리버를 남겨두고 서재 책상으로 갔다. 그리고 각종 청구서를 보관하고 있던 서류봉투 무더기와 업무 문서들을 치웠다. 먼지로 뒤덮인 오래된 하드 드라이브도 위치를 옮겼다. 그곳에 그게 있었다, 하드 드라이브 아래 쌓인 채로. 어쩌면 나는 일부러 그 마지막 부분을 읽지 않았는지도 모른다. 당신이 쓴 무언가 중 내가 아직 읽지 않은 게 있었으면 해서. 분명 나는 지금까지 다른 모든 것들을 분류해서 정리했고 어떻게 할지 결정했으며 버리거나 나누어주었다. (이런 생각을 하니 기분이 조금 나았다—자선가게는 우리에게서 많은 걸 얻었다. 나는 내가 가져온 오래된 몇 권의 책보다 훨씬 더 큰 가치가 있는 당신의 물건들을 자선가게에 준 적이 있었다.)

나는 〈시간에 관하여〉 위에 있는 페이지 뭉치를 떼어냈다. 내가 아직 읽지 않은 페이지들, 〈제안 및 반영에 관하여〉였다. 나는 나머지를 책상 위에 두고 내가 지난여름에 방 건너편으로 옮겨놓았던 각도 조절 램프 아래의 안락의자로 가서 앉았다. 생각해봐, 나는 의자를 옮기면서 마음이 좋지 않았었다고, 마치 배신이라도 하고 있는 것처럼 말이야. 그치만 의자 위치는 여기도 괜찮잖아. 그치? 여기도 어울린다고.

난 누구에게 이야기하고 있었던 걸까? 누구에게 이 모든 걸 이야기하고 있었던 걸까? 내가 뭘 했는지 안 했는지, 어디에 앉았는지 앉지 않았는지 누가 신경이나 쓴다고?

1. 예술을 교환 속에 끼워 넣기

오퍼offer: 라틴어로 ob는 '~쪽으로', ferre는 '~을 가져오다'이다. 헌신, 경의, 자선 등의 행위로써 나타내는 것이다. 의지를 표현하는 것이다. 수락 또는 거절 의사를 끝까지 유지하는 것이다. 누군가의 앞에 무언가를 놓는 것이다. 그의 마음에 나타내는 것이다. 주거나 값을 지불하거나 팔거나 수행하도록 발의하는 것이다. (폭력, 저항 등을) 시도하는 것이다. 시도하는 모습을 보여주는 것이다. 시도하는 것처럼 만드는 것이다. 적에게 싸울 기회를 주는 것이다. 싸움 자체를 나타내는 것이다. 가까이에 있는 것이다. 기울어지거나 어떤 경향이 있는 것이다. 결혼과 같은 것의 의사를 표현하는 것이다. 제안하는 행위이다. 제안을 받는 상태이다. 제안되는 무언가이다. 첫 번째 진전. 발의된 것. 노력 또는 시도. 갈래 뿔의 꼭지 부분.

그래서 오퍼에는 수락뿐 아니라 거절도 포함된다. 오퍼에는 주는 것과 파는 것, 그리고 그런 것들에 대해 그저 생각하는 것 사이에서 일어나는 모든 것들이 포함된다. 그것은 결혼과 폭력 둘 다에 관한 것 같아 보이고, 뿔이 관련되어 있기 때문에—다수의 제안이라는 장식이 박힌 뿔—아마도 짝짓기와 영역다툼 모두와 관련이 있을 것이다. 오퍼는 돈을, 그리고 돈에 대한 기대를 의미한다. 이 단어의 중심부에는 답이 미정인 질문이 하나 자리하고 있다. 실제로 이루어지지 않을 가능성이 바로 그것이다. 가구 제조에 있어 무언가를 오퍼한다는 것은 자리에 고정하기 전에 그것이 작동하는지 여부를 보기 위해 느슨하게 또는 고정되지 않게 어떤 것의 위치를 잡는 것을 의미한다. 보다 일반적인 용례로 만약 누군가가 무엇을 오퍼하고 있다면 그건 어떤 일이 발생하게 만들려는 기대에서이다. 그래서 제안이라는 개념에는 기대, 수락 또는 거절을 둘러싼 특정한 유연성, 그리고 둘 다의 가능성이 포함된다.

무언가를 준다는 개념에는 언제나 무언가를 취한다는 것을 둘러싼 문제가 다양한 방식으로 포함된다. 주는 행위에 은연중 내포되어 있는 관대함을 인식하게 되면 우리는 제안된 것에 대한 반응, 즉 수락에 은연중 내포된 관대함에 대해서는 거의 생각하지 않을 가능성이 있다.

이러한 것들은 근원적 개념, 원시적 개념이다. 시인 H.D.는 회고록《프로이트를 향한 찬사Tribute to Freud》에 나오는 이야기를 통해 자신의 분석가인 지그문트 프로이트에게 선물을 주는 것의 문제에 관해 여러 의식 수준에서 능숙하게 이야기한다.

> 교수는 77세였다. 5월에 있는 교수의 생일은 중요했다. 그 이상한 집에 있는 진찰실에는 교수가 소중히 여기는 물건들과 그의 유명한 책상이 있었다. (…) 값을 매길 수 없이 귀중하고 조그만 반원형의 예술품 대신 거기에는 신중히 배치한 일련의 화병이 있었다. 각 화병에는 난 한 줄기나 꽃 한 송이가 들어 있었다. 나는 교수에게 줄 것이 아무것도 없었다. 나는 말했다, "죄송해요, 제가 무엇을 드리고 싶은지 모르겠어서 아무것도 가져오지 못했어요." 그리고 나는 말했다, "어쨌든, 저는 교수님께 뭔가 다른 걸 드리고 싶었어요." 내 말에 부주의한 뉘앙스, 건방진 뉘앙스가 있었을지도 모른다. 두 뉘앙스 중 하나였거나 아니면 둘 다였을지도 모른다. 나는 교수가 내 말을 어떻게 해석했는지 알지 못한다. 생일에 대한 나의 분명히 격의 없어 보이는 인사에 만족했는지 만족하지 않았는지 모르지만, 교수는 내게 손을 흔들어 소파로 가라

고 지시했다.

내가 원하는 것을 찾을 수 없었기 때문에 나는 교수에게 아무것도 주지 못했다. 한번은 베르크가세에 있는 오래된 방에서 대화를 하다가, 한 여행에 대한 이야기가 터져 나왔던 적이 있었다. (…) "아, 스페인 계단," 교수가 말했다. (…) "치자나무 꽃들! 로마에서는 심지어 나도 치자나무 꽃 한 송이를 몸에 장식할 수 있었는데." (…)

그로부터 얼마 후 교수는 치자나무 꽃을 받았다. (…) 나는 그 꽃을 웨스트 엔드의 꽃집에서 발견했고 카드에는 이렇게 적었다, "신의 귀환을 맞이하며." 치자나무 꽃이 교수에게 도착했다. 나는 교수에게 받은 편지를 지금도 가지고 있다. (…) *친애하는 H.D., 오늘 꽃 몇 송이를 받았어요. 우연인지 의도한 것인지 모르겠지만 그 꽃은 내가 가장 좋아하고 가장 훌륭하다고 생각하는 꽃이에요. "신*Gods*의 귀환을 맞이하며"(다른 사람들은 신이 아니라 "물건*Goods*"이라고 읽던데)라는 말도 받았어요. 이름도 없이. 근데 난 이 선물이 당신에게서 온 거라고 생각하고 있어요.*

여기서 프로이트는 다른 사람과의 시각 차이를 언급하면서 주고받음exchange이라는 것을 신과 물건이 만나는 장소로서 기록한다. 하지만 프로이트와 H.D.사이에서 발생하는 무언가를 주고 그것을 받아들이는 행위는 물질과 영원불멸함이 단순히 교차하는 것도, 권위가 인정되고 경의가 표현되는(또는 약속되는) 단순한 행위도, 만족이나 불만족에 관한 단순한 질문도, 그 자체로 남의 흥미를 끄는 단순한 제안도 아니다. 그것은 우리가 다른 사람에게 주는 것에 대해 어떤 방식으로든 책임이 있다는 것(그리고 계속해서 책임을 느끼리라는 것)을 나타낸다. 여기에는 다음과 같이 겉보기에 단순하고 반복적인 말, 그러니까 "제가 무엇을 드리고 싶은지 모르겠어서 아무것도 가져오지 못했어요"라는 말과, 다시 잠시 뒤 "내가 원하는 것을 찾을 수 없었기 때문에 나는 교수에게 아무것도 주지 못했다"라는 말도 포함된다. 물론 문맥상 이것은 H.D.가 스스로 프로이트에게 무엇을 주고 싶어 하는지 단순히 찾을 수 없었다는 것을 의미한다. 하지만 이 말은 아주 단순히 하는 말 이상의 의미를 담고 있다. 간단히 말해, 무언가를 주는 행위를 자신의 욕망을 충족하는 행위에 연결하고 있는 것이다.

주는 것은 종종 우리가 갖고 있다고 믿는 모든 것, 말하자면 물질적인 것 이상의 모든 것에 관여하고 그런 것들에 대한 우리의 우려 사항을 다룬다. 이기적인 사랑과 이기심 없는 사랑 및 인간이 어떤 것의 가치를 판단하는 방법에 관한 소설《황금 그릇》에서 헨리 제임스는 선물을 주는 모든 행위에서 발생하는 위험한 반향을 지적하고 싶어 한다. "정말 다행이야, 그건 아마 금이 가 있을 테니까. 우린 알아!" 샬럿은 자신이 결혼 선물로 사려고 했던 아름다운 그릇이 수상쩍게 "헐값"에 제안되자 그 아름다운 그릇에는 일말의 가치도 없다고 생각하며 말한다. "'하지만 알지도 못하는 어떤 물건에 난 균열 때문에 우리에게 재앙이 닥칠 수도 있는 거라면—!' 그리고 샬럿은 그런 생각에 슬픈 미소를 지었다. '그렇다면 우리는 서로에게 그 무엇도 절대 줄 수가 없을 거야.'"

주는 것은 받는 것과 마찬가지로 위험이 따르는 일이다. 피터 홉스의 소설《과수원에서, 제비들In the Orchard, the Swallows》(2012)에서 파키스탄의 한 어린 소년은 성별과 지위라는 모든 기준에 의해 사회적으로 구분되는 한 소녀에게 아버지의 아름다운 과수원에서 딴 석류를 준다. 소녀는 소년에게 자신의 이름을 알려준다. 관대함과 친절함 안에 존재하는 복합적인 위험과 치유의 힘에 관한 내러티브의 근간에 선물이 자리한다. 이야기에서 소년은 이러한 선물과 사랑의 결과로 거의 죽음에 이르게 되고 감옥에 갇히고 만다. 10년 뒤 다 망가진 상태로 감옥에서 나온 청년을 한 낯선 사람이 거리에서 데려가 가족처럼 대해준다. 이 가족 안에서 그는 글 쓰는 법을 배운다. 그가 쓴 것은 우리가 양손으로 잡고 있는 책이다. 책은 그 소녀를 위한 사랑의 선물이지만 소녀가 그 책을 읽을 가능성은 거의 없다. 그렇게 무언가를 주는 것을 상상하는 것과 거기에 수반되는 예술 행위는 선물 그 자체만큼이나 중요해진다. 그렇게 선물을 받는 행위의 책임은 이야기의 주인공을 초월해 사방으로 퍼져 나가 소설의 독자에게로 전달된다.

예술은 언제나 주고받는 것exchange이다. 사랑과 같다. 주는 것과 받는 것은 복잡하고 상처를 입히는 문제일 수 있다. 다음에 나오는 미켈란젤로의 사랑에 관한 소네트에 따르면 그럴 수 있다. "헤아릴 수 없는 친절의 달콤함 안에는 누군가의 명예와 누군가의 삶에 대해 겉으로 드러나지 않는 일종의 악의가 종종 숨어 있다. (…) 다른 이의 어깨에 날개를 달아주면서 몰래 그물을 서서히 펼치는 사람은 사랑에 의해 타오르는 열렬한 자비로움을 그것이 타오르기를 가장 열망하는 바로 그곳에서 완전히 꺼버린다." 날개와 관련해서, 미켈란젤로의 소네트에 비하면 거의 현대 작품에 가까운 1500년대 후반의 알렉산더 몽고메리의 시 〈체리와 슬래The Cherrie and the Slae〉에서는 흥미롭게도 이와 반대의 상황이 벌어진다. 이 시에서 천국 같은 새소리에 잠에서 깬 큐피드는 어쩐지 장난기가 발동해 구름에서 내려와, 목가적인 정원에서 자연의 소리를 들으며 누운 채로 행복한 시간을 보내고 있던 한 남자에게 자신의 날개와 활과 화살을 준다. 갑자기 황금날개를 받게 된 남자는 날개를 어깨에 메고 하늘을 향해 올라가 화살 하나를 조준해 자신의 가슴을 쏘려고 하다가 공중에서 바닥으로 쿵 하고 떨어진다. 큐피드는 배꼽이 빠져라 웃으면서 남자가 피를 쏟게 놔둔 채 그를 애처롭다 생각하며 날아가버린다. 하지만 큐피드의 화살로 자신을 쏜 것은 그 남자 안에서 뭔가 다른 뜻밖의 재능에 불을 붙인다. 남자 가슴에 생긴 자기도취적인 상처는 남자가 느껴본 적 없었던 종류의 용기와 열망으로 빛나기 시작한다.

천국에서 우리는 갖가지 열매를 제공받고 뱀에게서 온갖 조언을 무료로 들을 수 있지만 결국에는 값비싼 대가를 치르게 되어 있다. 아이들보다 성인을 위해 특별히 쓴 토베 얀손의 초기 단편소설 하나가 있는데, 이 소설은 어쩌면 모든 제물(나아가 우리가 예술이라 부르는 신성모독)은 인간과 신성한 존재 사이의 격차에 관한 것이며, 신으로부터 일종의 주목, 적어도 대화 비슷한 것을 이끌어내는 것과 관련된 것임을 시사한다. 이 이야기에서 사촌 사이인 두 명의 아이는 조부모의 소박한 집 뒤뜰에서 "이스라엘의 자손들"이라는 게임을 하고 있다.

우리는 황무지에서 목소리를 높였고 계속 복종하지 않았다. 신이 그런 식으로 죄인들을 용서하려고 해서다. 신은 우리가 나도싸리 나무 아래에서 만나를 모으는 걸 금했지만 우리는 모두 하던 대로 했다. 그래서 신은 땅에서 벌레들을 보내 만나를 먹어치우게 했다. 하지만 우리는 계속해서 복종하지 않았고 여전히 목소리를 높였다.

우리는 신이 너무 화가 나 모습을 드러낼 것이라고 생각했다. 이런 생각이 아주 강렬했다. 우리는 신 이외에는 아무 생각도 할 수 없었다. 우리는 신을 위해 희생했고 블루베리와 꽃사과와 꽃과 우유를 바쳤으며 때로는 작은 번제를 바쳤다. 우리는 신을 위해 노래했고 신이 우리가 하고 있는 일에 관심이 있다는 계시를 달라며 기도했다.

어느 날 아침 카린은 자신이 계시를 받았다고 말했다. 신이 자신의 방으로 노란 멧새를 보냈으며 물 위를 걷는 예수의 그림 위에 새가 앉아 머리를 세 번 끄덕였다는 것이었다.

진실로, 진실로 너희에게 말하노니, 카린이 말했다, 많은 청을 받았지만 일부만 선택되었다.

카린은 하얀 드레스를 입고 머리카락에 장미를 꽂은 채 온종일 돌아다니며 찬송가를 부르고 계속해서 계시를 받은 것처럼 행동했다.

이 이야기는 예술이 신성모독과 제물 둘 다와 마주친 장소에 대한 고찰로 진전된다. 한 아이가 성인인 척하며 커가고, 그해 여름 조부모와 함께 머물고 있던 모든 사촌들, "심지어 아직 말도 하지 못하는 사촌들"도 대상으로 하여 들판에서 성경 수업을 하기 시작하자, 다른 한 아이는 정원에서 찾을 수 있는 가장 이교도적인 장소, 가문비나무가 줄지어 선 어두운 장소로 가버린다. 그곳에서 그 아이는 상상할 수 있는 행동 중 가장 최악의 행동을 한다. "바로 그때가 내가 금송아지*를 만든 순간이었다".

다리를 똑바로 편 채 유지하는 게 매우 어려웠지만 결국 성공했다. (…) 나는 때로 가만히 서서 신이 처음으로 내는 분노의 소리를 들으려고 했다. 하지만 지금까지 신은 아무런 말도 하지 않았다. 신의 위대한 눈은 가문비나무 꼭대기 사이사이에 있는 구멍을 통해 나무 그늘이 드리운 정자를 내려다볼 뿐이었다. 결국 나

* 성경에서 우상 숭배의 대명사로 쓰이는 표현.

는 신이 관심을 좀 보이게 만들었다. (…) 신은 완벽한 침묵을 유지했다. 아마도 신은 내가 그 대결에 나서기를 기다리고 있었는지도 모른다. 신은 내가 금송아지에 제물을 갖다 바친 다음 심지어 그 앞에서 춤까지 출 정도로 정말 그렇게 끔찍한 무언가를 할 수 있는지 보고 싶어 했다. 내가 그렇게 하면 신은 벼락과 진노의 구름에 있는 언덕에서 내려와 내가 존재했음을 알고 있었다는 것을 보여줄 것이다. (…) 나는 그곳에 서서 듣고 또 듣지만 침묵은 자라고 또 자라 나를 압도한다. 만물이 듣고 있었다.

제물과 희생은 한편으로는 직접적인 대화 요청이고, 다른 한편으로는 당신은 나만큼 존재하지 않느냐는 실존적인 질문이다.

한 소네트에서 E.E. 커밍스는 의심의 여지가 없는 대답을 한다.

신이시여 가장 멋진 이날에 감사합니다
나무의 초록빛 영혼의 도약에도
하늘의 파랗고 진실된 꿈에도 감사합니다
자연스럽고 무한하고 긍정이기만 한 모든 것에도

(이미 죽은 저는 오늘 다시 살아납니다,
그리고 오늘은 태양의 생일입니다, 오늘은 삶과
사랑과 날개가 태어나는 날입니다.
끝없는 땅에는 즐겁고 훌륭한 일들이 일어납니다)

무의 상태에서 들어 올려져
맛을 느끼고 만지고 듣고 보고 숨 쉴 줄 아는
평범한 미물인 인간이 감히 상상조차 못할 당신[You]을
어떻게 의심할 수 있겠습니까?

(이제 저의 귀 중의 귀가 깨어납니다
이제 저의 눈 중의 눈이 열립니다)

정말 그는 누구에게 말하고 있는 것일까? 그는 누구를 설득하고 있는 것일까? 시는 모든 수사적 질문이 그 자체로 완성된 대화라는 사실에 대한 감사의 제물이다. 시는 그 자체로 답을 수반한다. 〈나에게 하는 말[Talking to Myself]〉이라고 불리는 오든의 후기 시는 애정 어린 것 같지만 어딘가 별나다. 이 시에서 화자는 내내 당신[You]의 y를 대문자로 사용하여 이야기한다. 다음은 그 마지막 부분이다.

우리 모두 알듯, 시간이 당신[You]을 갉아먹을 거요, 그리고 난 벌써 우리의 이별이 두렵소. 이미 무시무시한 경우를 얼마쯤 봐왔으니까. 기억해주시오. 신[Le Bon Dieu]이 너는 그를 *떠날지어다!*라고 말할 때, 제발, 제발, 신과 나를 위해, 나의 애처로운 안 돼요라는 말은 신경 쓰지 말고 빨리 떠나주시오.

커밍스는 물론 죽지 않을 것이다. 그게 바로 커밍스가 소네트에서 우리에게 설득하고자 하는 것이고, 또한 대문자 당신[You]에 대해 납득시키고자 하는 것이다. 그의 소네트에는 다수의 생일이 있다. 커밍스의 제물 가운데 핵심은 재탄생에 대한 진술, 그러니까 "이미 죽은 저는 오늘 다시 살아납니다"이다. 전통적으로 오직 신들과 하느님만이 영원한 생명을 부여할 수 있다. 하지만 신들은 무언가를 줄 뿐 아니라 취할 수도 있고, 난해한 선물을 주는 버릇도 있기 때문에 주의해야 한다. 이를테면 피부에 달라붙어 피부를 벗겨내지 않고서는 벗을 수 없는 셔츠라든가, 임신을 시키는 황금비 같은 것처럼 말이다. 신화에서 다나에가 황금비로 변한 제우스에 의해 임신을 하게 되자, 다나에의 아버지는 자신을 거역했다며 다나에와 그녀의 아들 페르세우스를 나무 트렁크에 넣어 잠그고 바다에 던져버린다. 날개 선물에는 미켈란젤로가 경고했던 그물이 이런저런 식으로 언제나 포함되어 있을 수 있다. 하지만 선물은 선물을 낳는 경향—이것이 바로 교환[exchange]이 의미하는 바이다—이 있는 게 분명하고, 신성한 행운이 따른다면 늙은 어부가 그물로 그 나무 트렁크를 건져 두 사람을 풀어주어 이야기를 계속 진행해나갈 수 있게 되는 것이다.

약간의 주고받음을 주거나 받는 것, 그것이 언제나 지속성에 관한 모든 것이다. 콜레트는 《순수와 비순수》에 이렇게 적었다. "아말리아 X, 그녀는 지방 순회 극단의 좋은 희극 여배우로 전쟁 초기에 죽었다. (…) 누군가 그녀를 믿었더라면, 충분히 만족해 잠든

술탄을 떠나 베일을 쓴 채 콘스탄티노플의 밤거리를 걸어 사랑스러운 금발의 어린 소녀가 그녀를 기다리고 있던 호텔방으로 가기를 주저하지 않았더라면…" 이 일화에서 콜레트는 거의 무심하게 압축해 말한다(콜레트는 심사숙고 혹은 수행적인 자세 없이는 어떤 글도 쓰지 않았지만). 즉, 자아를 주는 것과 좋은 이야기를 말하는 것은 서로 연관이 있을 뿐 아니라, 신뢰 개념 혹은 신뢰로 인한 보류 개념에 뿌리를 두고 있을 수 있다는 것이다.

선악과라는 첫 번째 선물 이후로 무언가를 준다는 것은 언제나 순수함, 불순함, 허용의 쟁점이 포함된 문제였을까? 여기 좀 더 현대의 프랑스 이야기, 필리프 리오레의 2009년 영화 〈웰컴〉이 있다. 이라크에서 불법으로 이주한 한 쿠르드족 청년이 런던에 있는 여자친구에게 가려고 고군분투하며 칼레까지 간다. 하지만 33킬로미터가 넘는 해협이 그와 목적지 사이를 갈라놓고 있고, 그에게는 런던에 몰래 숨어들 방법이 없다. 그래서 그는 칼레에서 수영 강습을 받기 시작한다. 프랑스인 수영 강사와 그는 친구가 된다. 2009년 당시 칼레에서 그들의 우정은 불법 이민자를 집으로 초대하는 것만큼이나 불법적인 것이었다. 우리는 우리가 사는 곳 아주 가까이에서 환대가 법에 의해 처벌받는 시대에 살아가고 있다.

보리스 파스테르나크는 시 〈웨딩 파티〉에서 자아를 주는 것은 우리가 세상과 결합하는 방식이며, 우리가 스스로를 자유롭게 하는 동시에 헌신하는 방식이라고 본다.

> 인생은 오직 순간이다. 인생은 무언가를 주는 행위와 같이 다른 모든 이들 안에 자신을 녹여가는 것일 뿐이기도 하다.
>
> 결국 창문을 통해 울려 퍼지는 결혼식의 기쁨일 뿐, 결국 노래, 결국 잠, 결국 청회색 비둘기일 뿐이다.

카사노바는 이렇게 표현했다. "내 정신에 최고의 활력이 되는 것, 내 안의 모든 기쁨보다 더 큰 것은 여성에게 기쁨을 준다는 데에서 오는 즐거움이었다." 하지만 E.M. 포스터는 좀 더 공정하게 이렇게 말했다. "인간이 사랑할 때 그들은 무언가를 얻으려고 노력한다. 그들은 무언가를 주려고도 노력한다. 그리고 이 두 가지 목적 때문에 음식이나 수면보다 사랑이 더욱 복잡해진다. 이것은 이기적인 동시에 이타적이며 한쪽으로 어느 정도의 특수화가 이루어진다고 해도 다른 쪽을 거의 위축시키지 않는다."

사랑에 관한 포스터의 시각인 관대함과 영리함의 조합은 얀 페르뵈르트가 신성모독의 윤리에 관한 최신 기사에서 모든 제물의 본질에 대해 펼친 생각과 비슷하게 들린다. 조르조 아감벤의 2007년 에세이 〈불경함을 찬양하며In Praise of Profanity〉를 언급하면서 그는 이렇게 말한다.

> 고대의 의례적인 희생에는 신에게 바치는 헌신의 제물 일부(예를 들면 동물의 일부)를 공동체에 반환하는 행위가 수반됐다. 신성함

> 의 흔적을 보유한 세속의 물질로서 세속의 몫(예를 들어 무료 음식)을 모두가 즐길 수 있게 한 것이다. (이것이야말로 진정한 불경함 같지만, 그 중심에는 항상 사랑이 있다.) 그래서 가치는 신성한 것에 있지도 세속적인 것에 있지도 않고 그 둘 사이의 역학적인 관계에서 모습을 드러낼 뿐이다. 아감벤은 자본주의 사회가 이러한 역학을 무력화한다고 주장한다. 모든 것에 가격이 존재하면 모든 것은 비슷한 가치이거나 가치가 없게 된다는 것이다. 우리의 도전 과제는 유의미한 차이를 존재로 만드는 행동 및 감정에 영향을 미치는 무질서한 행위를 통해, 신성모독과 존경심 사이의 자유로운 상호작용을 다시 살아나게 하는 것이다.

우리가 해결해야 할 문제는 진짜 의미와 반짝이는 모든 것, 금송아지, 황금 그릇의 가치를 이해하는 것이다. 여기서 가장 신경이 쓰이는 건 페르뵈르트가 쓴 글인데(괄호 안에서 넌지시 말하고 있는 불경스러움에 관한 줄) 그 중심에 언제나 사랑이 존재하는 진정한 불경함에 관한 것이다.

콜레트의 이야기에서 순수한/불순한 연인 겸 주는 사람은 밤에 도시를 가로지르며 이야기의 초반부에 죽었다가 콜레트가 말하기로 결정하면서 부유하고 호화로운 삶을 살게 되는데, 그런 그녀가 "지방 순회 극단의 좋은 희극 여배우"라는 점은 적절하다(또한 주목할 것. 말하다[tell]에는 무언가를 세는 의미, 특히 동전 따위를 센다는 의미도 있다. 그래서 은행 직원을 텔러라고 부른다). 무질서, 불경함,

호사, 인생역전 같은 희극적 형식과 개념들은 관대함과 변형의 개념과 연결된다.

갈등을 해결하는 우연이라는 힘은 디킨스의 플롯에서 관용인데, 이는 셰익스피어 희극의 대사에서 그대로 이어진다. 셰익스피어의 후기 희곡 〈심벌린〉, 〈겨울 이야기〉, 〈템페스트〉에 나오는 마법과 우연이라는 가장 강력한 형식이 그 근거이다. 이러한 희곡에서는 범주 자체를 거부해 범주를 통합한다. 비극과 희극이 공존하고, 끝까지 결전하며, 신비로운 재탄생의 형태로 갈등을 해소한다. 주로 교묘한 책략을 통해 잃어버린 사람을 찾고 죽은 사람을 소생시키는 것이다.

후기 희곡에서 셰익스피어는 빈민을 사랑하고 찬미한다. 그리하여 희극에서 빈민의 문학적 에토스는 수 세기에 걸쳐 나눔, 포용, 환대의 형식을 취하게 된다. 이는 〈겨울 이야기〉에서 버려진 아기를 데려와 구조하는 것에서부터 라이어널 바트의 1960년대 뮤지컬 무대에서 더욱 현저히 희극적인 형상이 채택된 페이긴이 길 잃은 소년을 데려와 우스꽝스러운 도둑질을 일삼도록 키우는 것으로까지 이어진다.

이 뮤지컬을 영화화한 캐럴 리드의 1968년 영화에서 론 무디가 디킨스의 원작에서보다 사실상 자비롭기까지 하고 훨씬 더 관대하며 훨씬 덜 위협적이고 덜 불운한 인물인 페이긴 역할을 연기하는데, 이는 런던에서 이루어지고, 그곳에서 일반인의 희극적 에토스란 "누구도 젠체하거나 고집을 부리려고 하지 않는 한 (…)

모두를 위해 차 한 잔[a cup o' tea]씩은 있다"는 것이며, 이 표현은 오랫동안 떨어져 있던 오랜 친구가 서로에게 무한한 환대를 약속하는 노래인 「올드 랭 사인」에서 로버트 번스가 쓴 다정함 한 잔[a cup o'kindness]이라는 표현을 20세기 버전으로 흉내 낸 것이다. 「올드 랭 사인」은 전 세계적으로 우리가 안녕함을 비는 의식, 곧 과거의 가치와 미래의 온갖 희망을 주고받는 새해 노래와 가장 가깝다. 혈연[kindred]이라는 단어와 친절한[kind]이라는 단어는 서로 관련이 있다. 친절과 가족에 해당하는 단어에 공통 어원이 있는 것이다.

"오 신은 우리에게 재능을 줄까 / 다른 이들이 우리를 보는 것처럼 우리 스스로를 보기 위해!" 〈머릿니에게[To a Louse]〉라는 시에서 번스도 마찬가지이다. 이 시에서는 부자와 빈자가 모두 일종의 소모품에 불과한 세상에서 실제 자기 자신보다 스스로 더 괜찮은 사람이라고 생각하는 교회의 한 여자가 등장하고, 그 여자의 모자를 가로질러 가는 머릿니에 대해 풍자한다. 틀림없이 어떤 짓궂은 신이 번스의 시를 듣고 우리의 문명에 이 소망을 들어준 것이 틀림없다. 그래서 우리는 유명인, 감시, 리얼리티 TV라는 축복의 선물을 받은 것이다. 오 신은 우리에게 재능을 줄까, 불손하고 무질서하지만 공감을 불러일으키는, 지금까지의 지방 순회 극단 희극배우들 중 전 세계적으로 가장 유명하고 가장 부자인 채플린처럼 연기할 수 있도록. 가난이 낯설지 않았던 채플린은 다른 것은 아무것도 없더라도 진짜 부자들이 갖고 있는 수완, 미묘함, 관대함이 있는 상태로 유쾌하게 연기했다. 데이비드 로빈슨은 그의 비평적인 자서전에서 다음과 같이 기록한다. 어린 두 아들과 함께 창밖을 내다보면서 채플린이 "멀리 떨어진 보행자에게로 망원경을 향하게 하더니" 아이들에게 이렇게 말했다. "저 남자가 보이니? 저 남자는 분명 하루 일과를 마치고 집에 돌아가는 중일 거야. 걸음걸이를 봐, 정말 느리지, 아주 피곤한 거야. 고개는 꺾여 있지. 마음속으로 무슨 생각을 하고 있는 거야. 그게 뭘까!"

이것은 어떤 면에서는 공감, 어떤 면에서는 도둑질이다. 예술에서 공감은 예술이 우리와 일부 교환하는 것이고, 그 포괄성인 동시에 친절함이며, 자아를 초월하는 것, 우리의 반응을 소매치기하는 것이다. 이는 무언가를 주고받는 것이 물건과, 혹은 신과, 혹은 존경과, 혹은 복합적인 문화 공간에 대한 깊은 이해와 결합되어 있는 이유이다—복합적인 문화 공간이란, 친절, 도둑질, 물물교환, 선물 제공이 모두 만나 교환을 이루고 그 교환을 통해 진정한 가치가 드러나는 곳이다. 우리의 존재는 곧 우리가 무엇을 주는지에 따라 결정된다. "준다는 것, 그것은 지혜로운 것이다"라고 오비디우스는 크리스토퍼 말로가 영역한《사랑의 엘레지》에서 말한다. 말로가 실제로 적은 말은 다음과 같다. "(날 믿어도 좋다) 준다는 것, 그것은 지혜로운 것이다." 교환은 곧 대화이다(그리고 거기에는 오비디우스와 말로 사이에 존재하는 교환, 즉 번역으로 표현되고 있는 대화가 포함된다). 하지만 좀 더 깊이 생각해보면, 저 인용문 한 줄에 있는 *주다*라는 동사는 서로 반대되는 두 개의 개념 사이에 존재한다. *지혜로운 존재*가 되는 것, 즉 주는 것은 앎에, 아는 것에 관련되어 있다(이런 말은 지혜라는 표현의 유의어이기도 하다). 하지만 뭔가를 주는 행위를 시작하기 전에, 가령 *신용 거래*를 통해 무언가를 받아야만 하고, 바로 이 지점에서 교환이 *당신*을 초월해 이루어지는 신뢰의 행위와 관련지어진다. (*날 믿어도 좋다*).

2. 안녕 내 사랑, 잘 지내?
잘 지내고 있기를 바라, 잘 지내지?

나는 일어나 제목을 읽고 또 읽었다.

안녕 내 사랑, 잘 지내? 잘 지내고 있기를 바라, 잘 지내지?

그 아래에 당신은 다음과 같은 얘기를 타이핑해두었다. 다른 사람의 말을 인용할 때 썼던 것보다 살짝 작은 크기의 활자체였고, 그래서 당신이 말하고 있는 것처럼 보였다.

> 내 말은, 당신이 이 에세이를 읽어보기라도 할 확률이 정말 얼마나 되느냐는 거야. 하, 에세이라는 단어는 내가 체임버스 백과사전에서 우연히 발견한 단어들 중 하나야. 시도라는 단어 옆에서 제안이라는 단어를 찾을 때였지. 시도, 에세이, 제안. 당신이 이런 단어들을 실제로 읽고 있다면 기억해, 그것들은 단지 시도일 뿐이라는 걸. 당신은 내가 논쟁을 잘 못한다는 걸 알지(당신과는 예외지만 말이야, 그러니까 내 말은 우리는 정말 훌륭한 말다툼을 하잖

아, 난 우리가 했던 일부 말다툼이 정말 자랑스러워).

어쨌든 방금 전에 당신은 뮤지컬 〈올리버〉에 대해 쓰라고 나를 설득하고 있었지. 앞의 부분을 봐. 나는 「그렇게 생각해」를 인용하고 셰익스피어와 번스에 올리버 얘기를 끼워 넣었어(사실 비평적으로 증명되지 않은 방식이지만 그렇게 했어, 신이 나를 용서해 주시기를), 특별히 당신을 위해서 말이야, 이 정도면 될까?

내가 이걸 쓰고 있는 이유 중 하나는 방금 내가 당신에게 너무 가혹했기 때문이야. 미안해.

근데 실제로는 당신이 나를 거의 붙들어두었기 때문이지.

당신은 몰라. 당신은 내가 여기서 일에 열중하면서 헤드폰으로 베토벤을 듣고 있다고 생각하지. 난 사실 앉아서 인터넷을 할 뿐인데 말이야—그렇다고 포르노를 찾는 건 아니야(그런 적이 있기는 하지만. 흥미로운 일이기도 해. 지독히 많은 걸 받으면서 그렇게 많은 걸 주지는 않아도 되니까, 경계랄 것도 없고, 형식도 꽤나 정형화되어 있어, 그리고 내가 볼 수 있는 것에서 시작해서, 터무니없을 정도로 아주 끝이 없달까)—사실, 난 수없이 많은 조명이 비추는 60년대 영화 세트장에서 금발의 소녀가 춤을 추며 노래하는 장면을 보고 있어.

완전히 딴판으로 변했다고? 아니야, 이렇게 삶의 후반부에 이르러 내 본연의 특성과 그렇게 큰 거리를 두는 건 결코 가능하지 않을 거야, 아니, 이 모든 건 내가 소포클레스의 테베 희곡에 나오는 그 소녀, 안티고네를 생각하고 있었기 때문에 시작됐어. 안티고네는 죽은 오빠를 매장하려고 했지만 죽은 오빠는 반역자로 선언이 되고 말았어. 하지만 안티고네는 법을 어기고 오빠를 매장해. 그래서 그녀의 삼촌이기도 했던 왕은 법을 어겼다며 안티고네에게 사형 선고를 내려. 그러다 왕은 사형 대신 안티고네를 산 채로 묻어버리기로 결정하고 그녀를 동굴에 집어넣은 뒤 입구를 벽으로 막아버려. 이런 죽음이 대중에게 그렇게까지 나빠 보이지 않을 것 같았나봐. 나는 어떤 인용구를 기억해내려고 노력했는데 찾을 수가 없어. 나는 그게 소포클레스 번역본 중 하나였는지, 아누이가 쓴 건지, 아니면 브레히트인지, 아니면 어쩌면 히니의 버전인지 어떤지 모르겠어. 어쩌면 내가 방금 만들어낸 것일지도 몰라. 그렇지만 내가 기억하고 있는 안티고네의 말은 이런 식이었던 것 같아. 살아 있다는 건 아무것도 아니다, 사소한 것이다, 우리가 태어나기 전의 전적인 살아 있지 않음과 우리가 죽은 후의 전적인 살아 있지 않음에 비교하면.

그리고 어떤 이유에서인지 나는 그 말에, 콜레트가 묘사한 여자 아말리아 X를 생각하게 됐어. 지방 순회 극단의 훌륭한 희극 여배우 말이야. 그리고 나는 그게 사실이기를, 그 일이 정말로 일어나기를 내가 바란다는 것을 알게 됐어. 그녀가 배역상의 연인들 모두와 함께 여행하기를 바란 거야.

그리고 나는 실제로 존재하는지도 확실히 알 수 없는 아말리아 X가 자신이 안티고네를 연기하는 모습을 스스로 확인할 수 있었을지 궁금했어.

어떤 이유에서인지 나는 여기에 앉아 그녀가 모든 배역을 연기했기를, 모든 희극과 비극과 이모젠과 헤르미오네를 연기했기를 간절히 바라고 있었고, 그녀가 바로 헤르미오네와 페르디타가 되기를 바라다가, 그런 다음에는 프로스페로도 되기를 바랐어. 나는 갑자기 그런 상상에서 비롯된 충만한 에너지로 그녀의 다재다능함과 사랑에 빠졌어.

그러다 나는 현재 살아 있는 여배우 중에 아말리아 X*이면서* 안티고네가 될 만큼 충분히 다재다능한 사람이 있는지 궁금해졌어. 수많은 감정 기복과 「그렇게 생각해」라는 노래, *그리고* 모두가 스스로 죽음을 맞이할 때까지 갇혀 있는 역할 등 모든 부분을 연기해낼 수 있어야 하지. 그래서 나는 어떤 결과가 나오는지 보려고 구글 검색창에 서너 가지 검색어를 차례대로 한꺼번에 타이핑해 넣었어. 나는 *안티고네*를 가장 먼저 타이핑했고, 그런 다음 강렬한 여성 주연의 뮤지컬 중 내 머릿속에서 가장 위에 자리하고 있는 제목인 "*에비타 사운드 오브 뮤직 카바레*"를 타이핑하고 검색을 눌렀어.

그다음 벌어진 일이 매우 놀라워. 실제로 누군가가 나온 거야. 화면에 처음 나온 건 그리스 여자의 이름이었는데(지금은 죽은 사람이었어, 90년대 중반에 죽었어) 그 여자는 살아 있을 때 네 명 모두를 연기했어. 안티고네, 에비타, 기타를 치는 미치도록 순수한 줄리 앤드루스 수녀, 아름답고 타락한 샐리 볼스 말이야. 그뿐 아니라 셜리 발렌타인과 쇼의 피그말리온과 아리스토파네스의 리시스트라타와 〈마이 페어 레이디〉와 테네시 윌리엄스의 〈스윗 버드 오브 유스〉의 주인공, 그리고 〈로미오와 줄리엣〉의 그리스 뮤지컬 영화 버전에서 남장 역할 등을 연기했어. 자기가 마치 쌍둥이인 것처럼 연기하는 영화도 하나 있어. 한 명은 부자로 세련된 주택가의 아파트에 살고, 다른 한 명은 경찰을 피해 거리에서 빗을 팔아 하루 벌어 하루 먹는 빈자로 오두막에 살아. 그러다 셰익스피어나 트웨인의 이야기에서처럼 한 사람이 다른 한 사람으로 오해를 받게 돼, 항상 그런 일이 벌어지잖아. 빈자는 어딘가 영화 〈올리버〉에 나오는 우리의 낸시를 닮았고, 어느 시점에 낸시처럼 길을 잃은 소년들로 가득한 방에서 노래를 불러. 다만 그녀를 둘러싼 가난이 훨씬 더 현실과 닮아 있다는 점이 다르지.

어쨌든 그녀는 분명 그리스 영화계와 극장계의 전설이었어. 50년대에서 60년대, 70년대, 80년대에 이르기까지, 심지어 90년대까지, 그리스 정치에 커다란 변화가 있던 기간 내내 그녀는 그리스의 먼로, 바르도, 로렌, 헵번(캐서린 *그리고* 오드리)이었고 마치 이들 모두를 합쳐서 하나로 만든 것 같았어. 그리고 그녀에게서 이름을 따온 그리스 페이스트리와 인형도 있었지. 상대역 남성과 엘리자베스 테일러/리처드 버튼 같은 유의 관계도 있었어. 알아보니 어느 시점엔 그리스 왕자와도 역시 마찬가지였더라고.

나는 호기심에 영화 몇 편의 짧은 영상 몇 개를 봤어.

당신이 이 영화들을 얼마나 좋아했을까, 라는 생각이 바로 들었지.

그래서 여기 과거에서, 미래를 위한 작은 선물을 준비했어. 사랑을 담아 내가 당신에게 주는 거야. 대부분이 그리스어로 되어 있지만 당신이 이 이름을 입력하면 그녀가 나와 노래를 부를 거야: 알리키 부기우클라키.

나는 당신이 이것들을 시청하고 있는 모습을 그저 바라볼 수 있어. 그런 상상을 하면 기분이 아주 좋아져. & 내 모습을 상상하는 당신을 상상하는 것도 그렇지. 내가 저녁에 이곳에서 어떤 피아노 협주곡에 깊이 빠져 있는 모습이나, 또 내가 1960년대의 오래된 그리스 뮤지컬의 몇 장면을 실제로 보고 있는 모습을 당신이 상상한다니 하하! 그건 더더욱 기분 좋은 일이지. 마치 양쪽 사이드 미러를 교체한 것처럼. 그런데 말이야 알리키는 앨리스의 그리스식 이름이야.

방금 당신이 왔을 때 (내 기억에) 〈모던 신데렐라〉라는 영화의 한 장면을 보고 있었어. 너무 가난해서 우유 한 병조차 살 수 없는 한 여자에 관한 이야기였는데, 요행으로 여자가 정말 좋은 직업을 구하게 돼. 여자가 가장 먼저 한 일은 외상값을 지불해야 하는 식료품점에 전화해 값을 치르고 가족이 몇 주 동안이나 먹지 못한 식료품을 모조리 주문하는 거야. 게다가 가게에 있는 것들 중 가장 좋은 물건들로 주문을 해. 다음 장면은 모든 이웃이 파티를 하고 있는 장면이야. 이게 내가 보고 있었던 장면이야. 여자는 노래를 부르고, 그 노래는 (그리스어와 영어의 합성어로) 이포모니라고 해.

갑자기 드는 생각인데 만약 내가 거슬리게 굴었거나 지금 그러고 있다면 사과할게, 정말 미안해, 그리고 당신이 내 스크린을 보지 않기를 바랐던 이유를 설명할게. 다시 말해서 나는 실제로 일을 하지 않고 있었고 그 사실을 당신이 알까봐, 심지어 더 안 좋은 건 내가 일을 하는 대신 당신이 좋아하는 것에 대해 샅샅이 조사하고 있었다는 걸 알게 될까봐, 순간 상상할 수 없을 정도로 당황스러웠어.

내가 성급한 것 같다면 미안해. 난 인내심이 없어. 만약 내게 인내심이 좀 더 있었다면 난 앉아서 이런 내용을 강연으로 썼을 거야. 익살스러움의 중요성, 등장인물이 자신에게 주어진 것으로 하는 것, 관찰자의 공감, 변형 이야기의 중심에 있는 특별한 능력, 셰익스피어의 광대, 조세핀 베이커와 그녀의 희극 가면 사용 따위에 대해서, 그런데 젠장. 젠장이라고 말하면서도, 프로이트의 꽃에 대해 쓸 때 난 당신을 생각했어. 저, 마이클 온다치의 소설에서 적어둔 인용문이 있어. 이번 강연을 위해 갈무리하고 있었고 아직 사용하지는 않은 거야. 그런데 그 인용문을 계기로 우리에 대해 생각하게 됐어, 그러니까 당신에 대해 생각하게 됐어. "그녀는 정말 열성적인 영혼을 가졌다. 누군가 가능성을 얘기하면 그녀는 마치 다음 노랫말이 이어지듯 그걸 이루어냈다."

어디에서건 당신 머리 위에 드리운 모든 나무는 꽃을 피우고 있을 거야.

당신은 지금 옆집에 있어.

나는 당신의 편지를 읽었다. 얼마나 여러 번 읽었는지 모른다.

나는 나를 위해 위스키를 따르고 마신다. 한 잔 더 따른다. 그리고 자리를 옮겨 노트북이 있는 곳으로 가 검색창에 *이포모니 알리키 부기우클라키*라는 단어를 입력한다.

검색 결과가 만족스럽지는 않았다. 하지만 음식, 와인, 맥주가 잔뜩 놓인 검정색과 흰색으로 이루어진 테이블이 등장했고, 이내 카메라가 사람들로 가득 찬 테이블 양측 모습을 비추었다. 그리고 끝 쪽에, 테이블 상석 쪽에 음악가 몇 명과 머리카락 색이 아주 밝은 여자 한 명이 있었다.

나는 더 나은 버전, 화소가 떨어져 모자이크처럼 보이지 않는 것을 찾기 위해 몇 개를 더 클릭했다.

머리카락 색이 밝은 여자가 파티를 주최하고 있었다. 여자는 미소를 머금은 채 환대하며 옆에 있는 사람들에게 테이블의 음식을 권하고 있었다. 여자의 눈은 짙은 색이었지만 기다란 테이블 끝에 반짝이는 빛처럼 앉아 있었다. 여자가 너무 매력적이어서 카메라에 담지 않을 수 없다는 듯 카메라가 여자에게로 가까이 다가갔을 때 여자는 노래를 부르고 있었고 옆에는 만돌린 같은 것을 연주하고 있는 남자가 있었다(나중에 그 악기가 부주키라고 불린다는 걸 알았다). 그러더니 여자는 테이블에 있는 모두를 향해 잔을 높이 들고 말했다, 건배! 내 생각에 그 말은 그리스어였던 것 같다. 그리고 테이블에 있는 모든 사람들이 그에 대한 응답으로 똑같은 말을 일제히 외쳤다.

나는 이 여배우가 나오는 다른 동영상 몇 개를 더 찾아보았다. 타는 듯이 선명한 한 영상에서 여자는 당나귀의 등에 탄 채 선명한 파란색과 초록색이 어우러진 하늘 아래 시골 언덕의 비탈을 내려가는 사람들의 행렬에 있었다. 여자는 바다로 가는 내내 행복하게 들리는 노래를 불렀다. 다른 영상에서 여자는 춤을 췄는데 나는 큰 소리를 내 웃고 말았다. 여자가 완전히 몸치 댄서였기 때문이다. 영상을 몇 개 더 보고난 뒤 나는 이 여배우가 몸치 댄서가 됨으로써 일종의 우아함을 창조해냈다는 것을 깨달았다. 영화에서 여자는 언제나 인간미 있게, 그저 꽤 괜찮은 사람이라는 듯이 춤을 추었다. 사실상 그녀가 한 모든 동작에는 어딘가 우아하기도 하고 조금 서툴기도 한 무언가가 있었다(서툴다는 건 실제 존재하는 사람 같다는 것이지 배우로서 서툴다는 게 아니다). 여자가 몸을 움직이는 방식, 코를 튕기는 방식, 시야를 가리는 머리카락을 불어내는 방식, 다음에 나올 노랫말이나 대사에 자신을 끼워 맞추는 방식이 그랬다. 여자는 매력적이었다. 특히 초창기 영상에서 그랬다. 여자는 냉소적인 것과는 거리가 먼 축이었다. 여자는 열정적인 것과 익살스러운 것이 사실은 똑같은 것이기 때문에 두 가지를 동시에 연기할 수 있다는 걸 보여주는 것처럼 열정적인 동시에 익살스러웠다. 한 영상에서 여자는 식당에 걸린 커다란 어망 주변에서 춤을 추다가 테이블을 도는데, 그러다 여자의 스커트가 테이블에 있는 빵 바구니를 넘어뜨리고 만다. 나는 영화에서 이 장면이 의도된 것인지 아니면 촬영을 하다 자연스럽게 일어난 일인지 알 수 없었다. 하지만 연출진은 이 장면을 살려두었다. 상황에 정확히 들어맞았기 때문이다.

1년 중 볕이 더 길어지는 첫 봄날 새벽 3시에 나는 제안과 반영에 관한 당신의 자료를 가지고 잠자리에 들었고 당신의 편지를 다시 읽었다.

누군가에게 잘 알려진다는 건 상상할 수 없이 소중한 일이다. 하지만 누군가의 마음에 잘 그려진다는 건 더욱 소중한 일이다.

나는 침대에 앉아 당신이 반영에 관해 쓴 내용을 읽었다.

아마도 이제 잠을 자야 할 시간인 것 같다고 생각했을 때, 새로운 날의 태양이 밝아왔다.

* * *

1. 보는 것을 통하여

만약 예술이 자연을 비추는 거울이라면 호르헤 루이스 보르헤스의 단편 〈잉크 거울〉은 그러한 시각, 즉 예술과 결합된 자연에서 오는 비전—우리의 양 손바닥 안의 잉크 웅덩이 안에서 세상의 모든 양상을 보여주는 신비로운 비전—은 견딜 수 없이 아름답고, 그 아름다움으로 우리를 매혹할 것이며, 그런 다음에는 잔인함과 죽음 운명이라는 깨달음으로 우리를 매혹할 것임을 우리에게 가르쳐준다. "그는 거울에 사로잡혀 있었다. 그는 눈을 옆으로 돌리거나 잉크를 쏟아버리려는 노력조차 하지 않았다."

앤절라 카터의 초기 소설은 골칫거리인 깨진 거울들로 가득한데, 그 거울들은 나르시시즘과 기만을 눈에서 보이지 않게 하고, 욕망을 비추는 거울 방을, 기이함으로 시작해 폭력과 유린으로 끝나는 거울 쇼로 뒤틀어버린다. 예컨대 《호프먼 박사의 극악무도한 욕망 기계The Infernal Desire Machines of Doctor Hoffman》(1972)의 주인공 데지데리오가 범한 강간이 그러한데, 〈욕망의 곡예사〉 챕터에서 두 손(그리고 두 눈)은 "망막에 상처를 입히"는 "금속성의 전환"을 겪게 된다. 곡예사의 여행용 밴 내부에는 거울과 사진으로 된 벽이 세워져 있다. "이게 거울로 되어 있다는 걸 내가 그동안 전혀 몰랐던 거야?" 그가 이렇게 말하고 나서, 곡예사가 그를 다음과 같이 문자 그대로 "해치운다."

> 남자들은 내가 보는 곳마다 무한히 반복되었고 지금은 열여덟, 때로는 스물일곱, 그리고 한번은 서른여섯 개의 번뜩이는 눈이 나에게 고정되어 있었다… (…) 나는 반투명한 갈색 눈에서 나온 날카로운 광선에 꼼짝없이 갇힌 성 서배스천이었으며, 그 눈들은 녹인 설탕 가닥처럼 가늘고 빛나는 실의 그물을 공중에 쳤다. 다시 한 번 그들은 최면을 거는 것 같은 눈으로 곡예를 하며 실제로 만져지는 눈의 그물을 사용해 나를 보이지 않게 묶었다.

하지만 마지막 소설 《지혜로운 아이들Wise Children》(1991)에서 카터는 잘못된 행로에서 태어난 쌍둥이인 도라와 노라 찬스를 창조해냄으로써 지금까지 거울 이미지와 연관되어 있는 균열, 문화적 기만, 허영심을 해결한다. 도라와 노라는 서로를 반영할 뿐 아니라 거울 역시 반영하고, 자신들과 멀리 떨어져 있는 쪽, 그러니까 그들이 불법적으로 속해 있는 상류층 가족도 반영한다. 이 소설은 곧 재능 있는 탭댄서가 수행하는 통합 행위이며, 댄서가 이끄는 당김음은 서로 반대되는 힘을 하나의 춤으로 묶어낸다. 그러니까 젊음과 늙음, 부유함과 가난함, 극장과 영화관, 고급 예술과 저급 예술, 셰익스피어와 음악 홀 등이 하나가 되며, 아울러 이러한 반영적인 치유 행위가 이전 작품에서 분열 또는 어지럽혀져 있던 카터의 모든 자아들의 어깨 위로 툭 넘겨진다.

오스카 와일드의 이야기 중에는 반영이 가장 자기도취적으로 이루어질 때 어떤 일이 벌어지는지를 다룬 것이 있다.

> 나르키소스가 죽자 들판의 꽃들이 시들시들해져 나르키소스를 애도할 물 몇 방울만 달라고 강에게 요청했다. "오!" 강이 답했다, "나의 모든 방울방울이 눈물이라 해도 나르키소스를 위해 내가 애도할 눈물은 충분하지 않을 거요. 그를 사랑하기는 하오." "오!" 들판의 꽃들이 답했다, "어떻게 나르키소스를 사랑하지 않을 수 있었겠어요? 그는 아름다웠잖아요." "그가 아름다웠소?" 강이 말했다. "그 누가 당신보다 더 잘 알겠어요? 매일 당신의 강

둑에서 몸을 앞으로 숙이고 나르키소스는 당신의 물결에 비친 자신의 아름다움을 바라보았잖아요." "내가 그를 사랑했다면," 강이 답했다. "그건 나르키소스가 내 물결 위로 몸을 굽힐 때 그의 두 눈 안에 내 물결이 비친 모습을 보았기 때문이라오."

대조적으로, 다음은 반영이 예술과 기교를 만나는 장소에 관한 마거릿 애트우드의 이야기이다.

글을 쓰는 행위는 앨리스가 거울을 통과하는 순간에 발생한다. 바로 이 짧은 순간, 두 공간 사이의 유리 장벽이 없어지고 앨리스는 여기에도 저기에도, 예술에도 삶에도, 하나에도 다른 하나에도 존재하지 않지만, 그와 동시에 이 모든 것으로 존재한다. 바로 그 순간 시간은 멈추기도 하고, 무한정 늘어나기도 하고, 작가와 독자 모두는 이 세상에 존재하지 않는 시간을 갖게 된다.

모든 반영에는 나르키소스와 헤르메스, 둘 다 연관되어 있다. E.M. 포스터는 《소설의 양상》에서 독자에게 상기시키길, "거울은 역사의 행렬이 그 앞을 지나간다는 이유로 발현되지 않는다. 그것은 새로운 수은 코팅을 하게 될 때만 오직 발현한다. 다시 말해 새로운 민감성을 얻게 되는 때만 발현한다"고 상기시킨다. 수은은 다른 말로 머큐리라고 하는데, 머큐리는 우주에서 회색 바위처럼 보이는 행성을 가리키는 말이기도 하며, 또한 형태를 여전히 간직하면서도 형상은 변화시킬 수 있는 액체이자 고체인 물질을 가리키는 말이고, 아울러 예술과 기교와 도둑질과 가변성과 생각 및 의사소통의 신속함과 언어와 알파벳과 연설과 이메일과 텍스트와 트윗을 관장하는 그리스 신 헤르메스를 가리키는 말이기도 하다. 또한 헤르메스는 물물교환, 거래, 연락, 도로와 교차로, 여행자, 증권 거래, 급여, 꿈의 신이다. 표면적인 세상과 지하세계 사이의 안내자, 삶과 죽음 사이의 안내자이고, 아름다운 처녀를 잡아매는 찢기지 않는 그물을 훔친 자이며, 자유 연상의 신, 이동의 자유와 유동성과 형태적 가변성의 신, 모든 곳을 자유자재로 드나드는 넓은 모자와 날개 달린 신발을 신은 신이자, 배달부이다. 배달delivery이라는 단어의 다른 의미는? 출산이다.

헤르메스 신이 자신의 탄생일에 한 첫 번째 일이 무엇일까? 키어런 카슨은《호박을 찾아서》에서 다음과 같이 말한다.

> 아침에 태어나 (…) 정오까지 헤르메스는 리라를 발명했다. 요람에서 일어난 헤르메스는 위험을 무릅쓰고 밖으로 나가 거북이를 찾았다. 그는 거북이를 죽이고 그 살을 도려냈다. 그리고 염소를 찾아 목을 베었다. 구부러진 염소 뿔을 거북이 껍질의 앞다리 구멍에 넣고 염소의 내장으로 줄을 만들었다.

그다음으로 헤르메스가 한 일은 도둑질이었다. 그의 첫 번째 도둑질은 아폴로에게서 소의 무리를 훔친 것이다. 아폴로가 헤르메스를 붙잡고 둘이 소에 대해 말싸움을 하는 동안 헤르메스는 리라를 퉁기기 시작한다. 그거 좋군, 아폴로가 말한다. 만약 자네가 만든 그 물건을 내가 가질 수 있다면 소에 대해서는 잊어버리겠네. 소떼는 자네 것이야.

재치의 신, 죽은 것의 껍데기로 만들어낸 음악적 잠재력의 신, 염소 내장에서 곡을 만들어내는 신, 하지만 무엇보다 완벽한 타이밍의 신, 눈치 빠르게 태세를 전환하는 신, 주제를 변경하는 것의 신. 라비니아 그린로는 다음 시 〈전령 신The Messenger God〉에서 머큐리, 그러니까 헤르메스를 반응과 반응성의 신으로 본다.

> 네가 어떻게 아는가?
> 그는 앞서 있고 신속합니다.
>
> 어떤 인상인가?
> 진지하고, 분열적입니다.
>
> 쉽게 갈라지는가?
> 그 속에서 그가 반응합니다.
>
> 그의 메시지는 무엇인가?
> 그의 존재입니다. 다른 메시지는 없습니다.

목적이 무엇인가?

물과 하늘의 도시에 있는 창문입니다.

그는 무엇을 필요로 하는가?

저는 도시에 들어가야만 합니다.

목적이 무엇인가?

물과 하늘입니다.

일련의 제의적인 금언과도 같은 이러한 질문과 답변에서 그린로는 우리가 무언가를 아는 방식의 속성을 얘기한다. 전령의 신속함이라는 속성은 살아 있다는 것과 매우 빠르다는 것이 때로 동일한 의미임을 상기시키는데, 우리보다 앞서가는 이 전령 덕분에 우리는 우리가 어디에 있고 어디에 살고 있는지 단지 머리로 아는 것이 아니라 눈으로 볼 수 있다. 이러한 머큐리적인 신으로 인해 무언가 분리된 상태는 곧 반응을 의미하게 된다. 이러한 신의 존재는 투명함, 보호, 무언가를 통해 보는 것 *그리고* 무언가를 꿰뚫어 보는 것을 가능하게 한다.

어떤 면에서, 반영이란 우리가 자기 자신을 보는 것을 의미한다. 다른 면에서 그것은 사고의 과정을 가리키는 표현이기도 하다. 우리는 그것을 사용해 우리 두 눈 안의 빛을 들여다보기로 선택할 수 있고, 빛에 민감해질 수도 있으며, 모든 것이 우리를 덮어버리고 통과하게 만들 수도 있다. 우리는 생각으로 모든 것을 붙잡아두거나 놓아줄 수 있다. 부서진 것들도 반영 속에서는 패턴이 된다. 만화경이 작동하는 방식은 단편적이거나 연결되지 않은 것들이 만나 서로 조화를 이루도록 하는 것이다. 세퍼캣 재규어 전투기를 바닥에 기우뚱하게 조형물로 설치한 피오나 배너의 〈재규어〉(2010)처럼 예술가와 전투기가 만나면 대중은 예상치 못하게 반영되는 표면을 발견하게 된다. 그것은 자기 자신을 들여다볼 수 있는 설치물이고, 더 정확히 말하자면 그 안에서 또 다른 자기 자신을 발견하지 못할 수 없도록 배치된 설치물이다. 그러니까 무기라는 것이 무엇인지, 무기가 실질적으로 어떤 의미인지, 인류가 무엇인지, 인류가 실질적으로 어떤 의미인지 다시 생각하게 만드는 것이다.

"격자 구조로 얽힌 생각하는 두뇌"라는 구절이 키츠의 〈영혼을 위한 송가Ode to Psyche〉에 나온다. 조지 매카이 브라운은 자신이 하루하루를 보내는 방법에 대해 다음과 같이 말했다. "나는 확실히 말할 수 있다. 인생에서 상상력이 잎을 내밀게 하고 꽃피우게 하는 직업은 거의 없다." 클라리시 리스펙토르는 (1977년 소설 《별의 시간The Hour of the Star》에서) 이렇게 말했다. "답이 없는 의문이 나에게 존재하는 한, 나는 계속해서 글을 쓸 것이다." 에드윈 모건은 "문학을 잊는다고? 차라리 너의 영혼을 잊어라"라고 〈가져오기와 새롭게 하기Retrieving and Renewing〉라는 시에서 말했다. 데이비드 콘스탄틴은 예술이 중요한 이유를 다룬 작품에서 다음과 같이 말했다.

"내가 아는 사회 중에서, 시 없이 완성된 사회는 없다. 이는 시를 말살한 사회(일부는 그렇게 시도한 적이 있다)나 시가 없는 사회는 이루어질 수 없다는 것을 의미한다." 여기 스토리텔링 또는 모든 말하기의 속성에 관한 폴 엘뤼아르의 시가 있다.

> 나는 구름에 대해 당신에게 말했다
> 나는 바다 나무에 대해 당신에게 말했다
> 새를 위한 나뭇잎의 나부낌에 대해
> 조약돌이 내는 소리에 대해
> 익숙한 손에 대해
> 얼굴 혹은 풍경이 되는 눈eye에 대해
> 그리고 색깔로 하늘을 재현해내는 잠에 대해
> 완전히 술에 취한 밤에 대해
> 도로망에 대해
> 얼굴을 그대로 드러내는 열린 창문에 대해
> 내가 당신의 말에 대한 당신의 생각에 대해 말했으니
> 모든 어루만짐과 모든 확신이 계속되리라

여기 현실과 상상이 만나는 곳이 있다. 현실과 상상의 교환, 현실과 상상의 대화를 통해 우리는 허구의unreal 다른 세상뿐 아니라 실재real하는 다른 세상도 상상할 수 있다—현실과 가능성을 일치시키

* * *

당신의 이야기는 여기까지였다. 이게 끝이었다.

이제 난 당신의 모든 것을 읽었다.

> 그리고 이제 여기 있는 단어들을 따라가던 손이 자신이 수행하던 역할의 끝부분에 점점 가까워지면서 머뭇거리고 있어. 그리고 이런 모험의 씨실과 날실로 더 긴 공간을 엮어나가겠지.

나는 다음 날 아침 11시쯤 일어났다. 아래층으로 내려왔을 때 〈올리버!〉가 여전히 일시정지 상태로 켜져 있었다. 스크린은 밤새도록 똑같은 장면, 장의사의 지하실 창문이 눈snow 속에서 열리는 그 순간을 계속해서 거실을 향해 빛으로 뿜어내고 있었다.

화면을 껐다. 나는 새로 산 《올리버 트위스트》를 선반에서 꺼냈다. (나는 이제 새 책을 소유하게 되었고, 그것을 오래되고 뜯긴 책 옆에 꽂아두었다. 사실 새로 산 책을 아직 펼쳐보지도 않았다.) 나는 지난밤 잠에 빠져들면서 결심했다. 이제는 이 소설을 끝까지 읽겠다고, 일어나서 가장 먼저 할 일이 그게 될 거라고.

새로 산 판본의 페이지를 훑어보다가 가장 먼저 눈에 띈 것은 머드포그라는 단어였다. 그 단어는 가장 첫 줄에 있었다. 그곳은 올리버가 태어난 장소의 이름이었다. 하지만 내가 갖고 있는 디킨스의 다른 판본에서는 올리버가 태어난 장소의 이름을 언급하지

않는다는 점을 명시했었다. 몇 달이나 지났지만 지난여름 이 책을 읽기 시작했을 때부터 나는 내내 그 점을 기억하고 있었다.

머드포그. 나는 확인을 하기 위해 나의 오래되고 뜯긴 책을 가지러 갔다. "머드포그 마을의 공공건물들 가운데." "여러 이유로 언급하지 않는 것이 신중한 일이 될 어느 마을의 공공장소들 가운데." 나는 한 손에 오래된 판본을, 그리고 다른 한 손에 새로운 판본을 들고 웃었다. 마치 두 판본 사이에서 말 그대로 논쟁, 토론 따위가 일어나고 있는 것 같았다. 마치 《올리버 트위스트》라는 책 자체가 말하고자 하는 바에 대해 여전히 신중히 판단하고 있고 아직 결정을 내리지 못한 것 같았다.

나는 커피를 내렸다. 직장에 전화해 늦잠을 잤다고 말했다. 그랬더니 바로 샌드라에게 연결해주었다. 나는 전화로 꽤 날카로운 질책을 받았고, 그런 다음에는 감기나 독감에 걸렸다는 말을 지어내지 않고 솔직히 말해주어 고맙다는 인사를 받았다.

오후 2시까지 출근하세요. 그럼 아무 일도 없었던 걸로 해줄게요, 샌드라가 말했다.

《올리버 트위스트》를 다 읽고 가도 될까요? 내가 말했다.

뭘 하고 온다고요? 샌드라가 말했다. 그거야말로 진짜 일을 망치려고 애쓰는 것 같은데요. 아뇨, 안 돼요. 지금 당장 오세요.

오. 알겠어요, 내가 말했다.

정적이 흘렀다.

음, 다 읽으려면 정확히 몇 페이지나 남았는데요? 샌드라가 말했다.

그렇게 많지 않아요, 내가 말했다. 20페이지인가. 30페이지인가. 아, 37페이지요.

알겠어요,《올리버 트위스트》라니까, 샌드라가 말했다. 좋아요, 하지만 다 읽으면 최대한 빨리 여기로 와야 해요.

나는 통화를 끝내고 (진짜 빠르게) 온라인에 접속해서 동네에 있는 어학원을 찾았다. 한 군데에 이메일을 써서 기초 그리스어를 가르치는지, 나 같은 사람을 완전 기초부터 가르칠 수 있는지 물었다. 어학원은 관심을 보이며 매우 빠르게 답변해주었다. 생각해보니 이런 불경기에 어학원 수업을 듣는다거나 새로운 언어를 배우려고 생각하는 사람이 그렇게 많지 않을 수 있을 것 같았다.

나는 곧 새로운 알파벳을 배우게 될 것이다. 곧 5세용 책을 읽으면서 아주 간단한 문장을 말하는 법을 배우게 될 것이다. 그에 맞추어 완전히 다른 종류의 그리스어도 배우게 될 텐데, 이는 내가 〈올리버!〉와 함께 성장했듯 내 강사가 알리키 부기우클라키의 영화와 함께 성장한 그녀의 팬임을 알게 될 것이기 때문이고, 강사는 기초 문법책뿐 아니라 그 영화들에 나오는 노래를 활용해 나를 가르칠 것이며, 이것은 곧 '가지다', '원하다' 같은 동사는 물론, 그러니까 *나는 책을 가지고 있다, 나는 연필을 가지고 있다, 나는 공책을 원한다*와 같은 문장은 물론, 입맞춤 받지 못한 소년을 표현하기 위해 쓰는 단어들과 *제비떼가 그것을 하늘에 써놓았다, 처음으로 나의 마음이 내 안에서 빛나고 있다, 레몬 나무가*

*이웃에서 꽃을 피울 것이다*와 같은 것들도 말할 수 있게 된다는 것을 의미했다. 마지막 줄의 레몬 나무에 관한 문장은 스타브로스 자르하코스와 알레코스 사켈라리오스가 쓰고 (사실 내가) 대충 번역한 이포모니 또는 인내라고 불리는 노래에서 가져왔는데, 그 노래는 이렇게 진행된다.

이웃 사람들이여, 그대의 거리는 좁다랗고
얼어붙은 회색 하늘에
인생은 밤낮으로 어둡기만 하군요
함께하는 건 구름 낀 하늘뿐

인내.

인내하면 하늘은 좀 더 파래질 거예요
인내하세요. 레몬 나무가 이웃에서 꽃을 피울 거예요.

하지만 여름까지 그런 일은 일어나지 않을 것이다. 낮 시간에 나무의 새들이 바깥의 봄에 열광하고 있는 당분간은 그럴 것이다. 나는 내가 가장 좋아하는 머그컵에 커피를 따르고 서재로 가 안락의자에 웅크리고 앉아 책을 끝까지 읽었다.

그런 다음 거의 100여 페이지를 돌아가 그 부분을 다시 읽었는데, 아트풀이 법정에 있다가 재판이 끝난 후 그곳을 떠나면서 어떻게 "영광스러운 명성을 쌓는"지에 관한 부분이었다. 물론 역설적이지만 동시에 완전히 참이기도 했다. 사실, 영광스러운 명성이라는 건 우리가 아트풀과 관련해 가장 듣기 어려운 말이니까.

내가 정말 좋아하는 게 뭔지 알아? 나는 텅 빈 방에서 큰 소리로 말했다. 그건 바로 책이 거의 끝부분에 가까워졌을 때 디킨스가 취하는 방식이야. 디킨스가 패거리, 그러니까 책 전체에 나오는 모든 사람들에게 무슨 일이 벌어지는지 요약을 하는데, 등장인물을 하나하나 열거하면서 그들이 어떻게 되는지 말을 해준단 말이야. 그런데 다저에 대해서는 결코 직접적으로 언급을 하지 않아. 이건 마치 다저가 이 이야기뿐 아니라 디킨스도 미끄러뜨린 것만 같아.

(내가 누구에게 말을 하고 있었다고 생각했냐고?

당신.)

권두 인용구는 베르톨트 브레히트Bertolt Brecht의 희곡 〈남자는 남자다Mann ist Mann〉(1926)에 나오는 〈사물의 흐름에 관한 노래Lied vom Fluß der Dinge〉에서 인용했다.

시간에 관하여

앤절라 카터Angela Carter는 1978년 에세이 〈길 잃은 작은 양Little Lamb Get Lost〉에서 블레이크의 호랑이가 동물 캐릭터 잠옷 같다며 새로운 시각으로 본다. ॥ 조지 매카이 브라운George Mackay Brown은 1981년 한여름 《올케이디언The Orcadian》지 칼럼들 중 하나에서 티르 나 노그 땅을 상상했으며, 이 글은 1992년판 《돌웅덩이와 수선화Rockpools and Daffodils》에 묶였다. ॥ 발터 벤야민Walter Benjamin은 1936년 에세이 〈이야기꾼Der Erzähler〉에서 스토리텔러의 권력에 대해 썼다. ‖ 시간에 대한 마거릿 애트우드Margaret Atwood의 인용문은 그녀의 2002년 강의 에세이 《글쓰기에 대하여Negotiating with the Dead》에서 가져왔다. ‖ 시간에 관한 셰익스피어의 모든 참고 자료의 출처는 소네트이며, 또한 이어서 소네트 64의 두 행을 온전히 인용했다. ‖ 캐서린 맨스필드Katherine Mansfield의 편지는 1909년 알 수 없는 수신인에게 쓰여 진 것이다. 해당 편지에서 맨스필드는 자기 마음의 낯설고 변덕스러운 속성에 대해 걱정하고 있었다. ‖ 미켈란젤로가 자신의 보조인 안토니오 미니Antonio Mini에게 내린 절박한 지시는 대영박물관에서 보관하고 있는 〈성모 마리아와 아기 예수Virgin and Child〉 스케치에서 찾을 수 있다. ‖ 몬탈레/모건Montale/Morgan 번역은 〈간략한 성서Brief Testament〉라 불리는 시에서 가져온 것이다. ‖ 〈내 왜건엔 바퀴 세 개Three Wheels On My Wagon〉는 버트 배커랙Burt Bacharach의 곡을 위해 1961년 밥 힐리어드Bob Hilliard가 작사했으며 1962년 뉴 크리스티 민스트렐스New Christy Minstrels의 히트곡이었다. ‖ 빅토르 클렘퍼러Victor Klemperer의 인용문은 《덜 사악한 악마The Lesser Evil》라는 제목이 붙은 그의 일기 묶음에서 온 것이다. ‖ 재키 케이Jackie Kay는 친절하게도 특별히 이 강연을 위해 〈http://www.google.co.uk〉를 썼다.

형식에 관하여

첫머리의 시는 순서대로 월리스 스티븐스Wallace Stevens, 에밀리 디킨슨Emily Dickinson, 윌리엄 블레이크William Blake, 새뮤얼 테일러 콜리지Samuel Taylor Coleridge, 스티비 스미스Stevie Smith, 존 키츠John Keats, 딜런 토머스Dylan Thomas, 예이츠W.B. Yeats, 실비아 플라스Sylvia Plath, 오딘W.H. Auden, 에드워드 토머스Edward Thomas, 필립 라킨Philip Larkin의 유명한 시구로 구성되어 있다. ‖ 테드 휴스Ted Hughes는 1997년 모음집《오비디우스 이야기Tales from Ovid》에서 오비디우스와 만난다. ‖ 셰익스피어의 〈트로일러스와 크레시다〉에 대한 그레이엄 그린Graham Greene의 의견은 셜리 해저드Shirley Hazzard의 책《그린 온 카프리Greene on Capri》(2000)에서 가져온 것이며, 그 원본 출처는 그린이 1940년대에 영국 극작가에 대해 쓴 에세이이다. 이 장의 뒷부분에서 나는 (얇은 두께에도 불구하고 내용이 풍성한) 이 에세이 중,《전쟁과 평화》를 읽고 받은 인상에 대해 해저드와 그린이 나눈 대화를 다시 인용한다. ‖ 톰 건Thom Gunn의 시에 대한 정의는 자신의 저서에 대한 자전적 소개를 담은 1979년 작품《지금까지의 나의 삶My Life up to Now》에서 가져온 것이며, 이는 그의 에세이 모음집인《시를 위한 기회Occasions of Poetry》(1982)에서도 확인할 수 있다. ‖ 모건의 〈대리석이 아니다Not Marble〉에서 셰익스피어와 스티븐스가 서로 만나게 한다는, 언제나 독특하고 너그러우며 유익한 절충 방식으로 수십 년 전 나의 이목을 끈 건 바로 캐시어 바디Kasia Boddy이다. ‖ 호라티우스Horace의 자료는《송가Odes》Ⅲ권 30장에서 가져왔다. ‖ 타고난 작가와 껍데기 단어에 관한 울프Virginia Woolf의 인용문 출처는 에세이 〈올리버 골드스미스Oliver Goldsmith〉이다. ‖ 은유로서의 심장,

또는 은유가 아닌 심장의 출처는 엘리자베스 하드윅Elizabeth Hardwick의 1979년 소설《잠 못 드는 밤Sleepless Nights》이다. ∥ 나는 찰리 채플린Charlie Chaplin이 가사를 쓴 곡인「스마일」의 노랫말을 일부러 잘못 인용했다(채플린의 1936년 영화 〈모던 타임즈〉에 나오는 곡이다). 원래 그 첫 번째 줄은 살짝 다르지만, 여기에서처럼 잘못된 인용으로 더욱 널리 기억되고 있다고 확신한다. 가사는 채플린이 곡을 작곡한 뒤 거의 20년이 지난 뒤 존 터너John Turner와 조프리 파슨스Geoffrey Parsons가 썼다. ∥ 노래하는 새와 사과나무에 관한 문장은 크리스티나 로세티Christina Rossetti의 시 〈생일A Brithday〉에서 가져온 것이다. ∥ 한 문단 뒤의 오비디우스 관련 내용의 출처는《변신 이야기》의 아폴로와 다프네, 필레몬과 바우키스의 이야기이다. ∥ 파운드Ezra Pound의 인용문 출처는 시 〈트리The Tree〉와 〈뉴 에이지, 1915년 1월 7일New Age, 7 January 1915〉이다. ∥ 별을 삼킨 하늘의 담요에 관한 행의 출처는 흄T.E. Hulme의 〈제방The Embankment〉이다. ∥ 다음은 자아의 가치를 호텔에 빗댄 캐서린 맨스필드의 글이다. "자기 자신에게 솔직하라! 그런데 어떤 자기 자신일까? 내 수백 가지 자아들—음, 그것들은 실제로 다가오는 것처럼 보인다— 중에서 어떤 것? 열등감과 억압, 반응과 동요와 반영이 동반되는 경우, 내가 주인도 없는 어떤 호텔에서 일하는 보잘것없는 점원에 불과하다고 느끼는 순간이 있다. 그 점원은 이름들을 입력하고 제멋대로인 손님에게 열쇠를 건네기 위해 그의 모든 업무를 멈춰야 한다.(캐서린 맨스필드 메모장 2권, 마거릿 스콧, 미네소타대학 출판부, 2002). ∥

울프의 인용문은 《자기만의 방》 후반부에서 인용했다. ॥ 랠프 매카시[Ralph McCarthy]가 영문으로 번역한 야요이 쿠사마[Yayoi Kusama]에 관한 내용의 출처는 그녀의 2002년 자서전 《인피니티 넷[Infinity Net]》이다. ॥ 이탈로 칼비노[Italo Calvino]의 인용문 출처는 《넥스트 밀레니엄을 위한 여섯 개의 메모[Six Memos for the Next Millennium]》이며, 이 책에 인용된 영문 번역은 패트릭 크리[Patrick Creagh]가 했다. ॥ 세잔에 관한 이야기 등은 앙브루아즈 볼라르[Ambroise Vollard]의 《폴 세잔: 그의 인생과 예술[Paul Cézanne: His Life and Art]》에서 확인할 수 있으며, 나는 1924년 출간된 해럴드 L. 밴 도렌[Harold L. Van Doren]의 번역본을 읽었다. ॥ 올리버 트위스트의 이름을 알파벳 순서대로 지었다고 주장한 이는 교구원 캐릭터인 범블 씨이다.

경계에 관하여

리어노라 캐링턴[Leonora Carrington]에 관한 인용의 출처는 1940년대에 쓰인 〈스톤 도어[The Stone Door]〉라는 이야기이다. ॥ 도리스 데이[Doris Day]의 「렛 더 리틀 걸 림보[Let the Little Girl Limbo]」는 배리 맨[Barry Mann]과 신시아 웨일[Cynthia Weil]이 썼으며, 1963년에 녹음되었지만 1997년이 되어서야 대중이 들을 수 있었다. 내가 처음 들은 건 컬럼비아 볼츠[Columbia vaults]가 구출해낸 팝음악 시리즈인 『웨어 더 걸스 아 5집[Where Thc Girls Arc, Vol. 5]』 앨범에서였다. ॥ 롤런드 펜로즈[Roland Penrose]가 밀러[Lee Miller], 캐링턴, 엘뤼아르[Nusch Eluard], 피델린[Ady Fidelin]의 사진을 찍었던 당시, 만 레이Man Ray의 애인이었던 애디 피델린은 댄서였다. 그녀는 《하퍼스 바자》(1937)뿐 아니라 (2007년 《뉴욕타임스》 기사에 따르면) 모든 메이저 패션 매거진을 통틀어 첫 번째로 등장한 흑인 모델이었다. 아티스트이자 퍼포머였던 누슈 엘뤼아르는 시인 폴 엘뤼아르의 아내였다. 제2차 세계대전 중 레지스탕스였던 그녀와 그녀의 남편은 게슈타포의 추적을 당했고 누슈는 1946년 40세의 나이로 사망했다(전쟁 스트레스로 인한 누슈의 허약함과 영양 부족은 리 밀러가 찍은 후반부 사진에 고스란히 드러난다). ॥ 카프카의 유명한 인용문 출처는 1904년 1월 27일 오스카 폴락Oskar Pollak에게 보낸 편지이다. ॥ 히치콕Alfred Hitchcock은 판유리 바닥/천장과 추리소설에 대한 그의 생각을 1966년 그라나다TV의 프로그램인 〈시네마〉(마이크 스콧Mike Scott 진행)에서 밝힌다. ॥ 달리Salvador Dali의 다이빙에 관한 이야기의 출처는 앤터니 펜로즈Antony Penrose가 자기 아버지에 관해 쓴 2001년 책 《롤런드 펜로즈: 다정한 초현실주의자Roland Penrose: The Friendly Surrealist》이다. ॥ 홉킨스Gerard Manley Hopkins의 문장 출처는 첫 번째 행이 "더 이상 나쁜 것은, 아무것도 없다. 슬픔의 절정을 지나 내던져졌다"인 소네트이다. ॥ 에드윈 모건Edwin Morgan의 오르페우스 시는 1973년 시집 《글래스고에서 새턴까지From Glasgow to Saturn》에 수록된 시 〈라이더Rider〉의 파트 iii이다. ॥ 캐서린 맨스필드는 1913년 5월 19일 존 미들턴 머리John Middleton Murry에게 보내는 편지에서 글쓰기와 산성 물질에 관해 썼다. ॥ 또한 맨스필드는 그녀의 메모장에 로버트 루이스 스티븐슨Robert Louis Stevenson의 문구인 "문학적 방랑literary vagrancy"을 적어두었는데, 스티븐슨은 1881년 《게으른 자를 위한 변명Virginibus Puerresque》에서 '도착하는 것은 희망에 찬 여행을 하는 것보다 뒤떨어지는 경험'이라고 말한 바 있었다. ‖ 엘리자베스 하드윅Elizabeth Hardwick의 인용문 출처는 소설 《잠 못 드는 밤》이다. ‖ 아폴로와 희망 없는 경쟁을 벌이는 음악가에 관한 그리스 신화는 마르시아스 이야기이다. ‖ 미켈란젤로 그림에 대한 설명은 그의 작품 〈꿈Il Sogno〉(1533년경)에 관한 것이다. ‖ 쇼베 동굴에 관한 베르너 헤어조크Werner Herzog의 다큐멘터리는 〈잊혀진 꿈의 동굴Cave of Forgotten Dreams〉(2010)이다. ‖ 그리스어에 관한 모든 것과 관련해 친절히 도움을 준 아르테미스 로이Artemis Loi에게 매우 감사드린다.

제안 및 반영에 관하여

토베 얀손Tove Jansson의 이야기는 〈금송아지The Golden Calf〉이며, 1969년 "Sculptor's Daughter"라는 영문 제목으로 번역된 1968년 단편집 《조각가의 딸Bildhuggarens Dotter》에 나오는 첫 번째 단편이다. ‖ 나는 카사노바가 여자와 기쁨에 관해 그런 말을 실제로 *했기*를 바란다. (동일한 내용이 인용된 것으로 보이는 앤 오클리Ann Oakley의 《여자처럼 받아들이기Taking It Like a Woman》를 제외하고) 내가 찾을 수 있는 유일한 출처는 관련 내용을 처음 읽게 되었던 엘리자베스 하드윅의 《잠 못 드는 밤》이다. 이와 같은 사정으로, 나는 번역가 한 명만을 신뢰할 수는 없지만 하드윅의 이 소설을 독자들이 찾아보게 할 수는 있으며, 이렇게 원래의 자료들이 서로 만나는 모습은 또 다른 즐거움이 될 것이다. ǁ 조르조 아감벤Giorgio Agamben, 예술, 신성모독에 관한 얀 페르뵈르트Jan Verwoert의 의견 출처는 2010년 3월《프리즈Frieze》129호이다. 여담으로, 디킨스와 셰익스피어의 작품에서 찾아볼 수 있는 우연성/관대함이라는 문학적 힘을 융합한 계승자를 동시대에서 찾는다면 내 생각에 그건 케이트 앳킨슨Kate Atkinson이다. ǁ 모두를 위한 차 한 잔에 관한 가사 두 줄의 출처는 라이어널 바트Lionel Bart의 「그렇게 생각해Consider Yourself」이다. ǁ 'kind'라는 단어가 친절kindness과 가족family이라는 개념의 합류점이라는 점을 내게 작품을 통해 처음 암시했던 작가는 서배스천 배리Sebastian Barry이다. 이러한 결합은 그의 소설, 드라마, 시의 원동력 중 하나이다. ǁ 말로Christopher Marlowe가 번역한 오비디우스 엘레지의 출처는 그의 정부에게 창녀의 기술을 가르쳐온 포주를 저주하는 〈엘레지 8〉이다. 1580년대 초 말로가 아직 케임브리지의 학부생이었을 때 완성한 오비디우스의《사랑의 엘레지Elegies of Love》가 번역되어 출판되자, 캔터베리의 대주교는 그것을 "보기 흉한" 것으로 여겨 금지하고 불태워버렸다. ǁ 여기에 있는 강연 자료 전반에 걸친 사전적 정의의 출처는 모두 체임버스 20세기 사전과 21세기 사전이다. ǁ 마이클 온다치Michael Ondaatje의 인용문 출처는《고양이 테이블The Cat's Table》(2011)이다. ǁ 오스카 와일드Oscar Wilde의 이야기(와일드 자신은 이 이야기를 〈신봉자The disciple〉라고 불렀다)는 리처드 앨먼Richard Ellmann의 1987년 전기에서 찾았다. ‖ 앨리스와 거울에 관한 애트우드의 인용문 출처는 《글쓰기에 대하여》이다. ‖ 조지 매카이 브라운은 《올케이디언》지 1983년 12월호에 실린 단편소설 쓰기에 관한 기사에서 여담으로 상상력의 싹을 틔우는 것에 대해 이야기했다. ‖ 이 강연이 이루어지는 시기에 데이비드 콘스탄틴David Constantine은 (인문학을 공부한다는 것이 수사학적으로나 경제적으로 정당화되어야만 한다는 사실이 동시대의 상태, 사고방식, 철학에 대해 상당 부분 말해주는 시대에) 인문학의 중요한 목적과 역할에 대해 그가 쓰고 있던 글을 인용해도 좋다고 허락해주었다. ‖ 마지막으로, 거의 끝에 다다른 이 모험의 씨실과 날실에 관한 부분은 디킨스의 《올리버 트위스트》의 끝에서 한두 페이지를 참고했다.

• 도판 허가

Jane Austen's Fiction Manuscripts: A Digital Edition www.janeausten.ac.uk. Used by permission. With thanks to the Bodleian Library Image Services Department. ‖ 'Studies for a Virgin and Child,' by Michelangelo © The Trustees of the British Museum. ‖ 'Jupiter und Io,' by Antonio Allegri, called Correggio © Kunsthistorisches Museum, Vienna. ‖ 'Four Women Asleep,' Lee Miller, Leonora Carrington, Ady Fidelin, Nusch Eluard, Lambe Creek, Cornwall, England, 1937, by Roland Penrose Roland Penrose Estate, England 2012. The Roland Penrose Collection. All rights reserved. ‖ 'Pastoral', by Leonora Carrington © ARS, NY and DACS, London 2012. With thanks to Susan Aberth for her help in sourcing the image. ‖ Actress Aliki Vougiouklaki from the movie 'Punishment Came from Heaven' by Finos Film, 1959, Greece. With kind permission from Yiannis Papamichail, the son of Aliki Vougiouklaki. ‖ Mercury, from Pompeii, c.50-79 AD (fresco), Roman, (1st century AD) Museo Archeologico Nazionale, Naples, Italy / Giraudon/ The Bridgeman Art Library. ‖ 'Autumn Tree,' 'Winter Tree,' 'Spring Tree,' and 'Summer Tree,' by Sarah Pickstone. With warm thanks to Sarah for her permission to use the paintings in this book.

• 텍스트 허가

모호하다, 어쩐지 농축된 언어에 알고 싶은 진실이 깃들어 있는 것 같다. 이게 이 책을 처음 읽었을 때 가장 먼저 든 느낌이었다. 일상에서 언젠가 스쳐간 적 있던 깨달음이 군데군데에서 보였기 때문인 것 같다. 그런데 이건 미스터리일까, 귀신 이야기일까, 나무 이야기일까, 엘레지일까, 산문시일까, 아님 뭘까. 몇 번을 읽고 또 읽으며 내린 결론은, 모두 맞지만 어떤 것도 정답은 아니라는 것이었다.

이 책은 2012년 앨리 스미스가 옥스퍼드 세인트 앤스 컬리지에서 한 강연에서 비롯되었다. 네 개의 장으로 이루어진 형식을 강의에 그대로 사용한다고 한다면 그건 가능한 일이지만, 그 내용마저 일반적인 강의와 비슷할 것이라고 생각하면 사실에서 크게 어긋난다.

앨리 스미스는 시간, 형식, 경계, 제안 및 반영을 각 장의 주제로 삼고 이야기를 풀어나간다. 죽은 연인이 등장하고, 회사에서 억지로 휴가를 받아 여행을 떠나고, 상담사와 상담을 하는 등등의 사건이 진행되는 동안 주인공은 자신의 시선이 닿는 곳에 존재하는 사건과 개념을 그냥 봐 넘기지 않는다. 단순히 방 안에서 의자를 옮기는 행위에서도 얼마나 많은 생각과 상상과 독백이 이루어지는지를 보면 금세 알 수 있다. 이렇듯 앨리 스미스는 평소 우리가 그냥 지나치기 쉬운 크고 작은 일에 의문을 제기하고, 답을 찾아가는 과정에서 다양한 작품을 인용하고 있으며, 이미 알고 있는 것을 바탕으로 사고의 범위를 넓혀 각 장의 주제를 하나하나 이야기한다.

그 과정에서 앨리 스미스는 모든 것을 친절히 설명해주는 편은 아니다. 어떤 경우엔 불쑥 등장하는 인용과 생각 때문에 불현듯 당황스러워질 때도 있다. 작가가 본문에서 "책은 그 책 이전에 나온 모든 책의 결과물"이라고 말했듯, 책의 말미에 작가가 참고했다고 밝힌 작품을 모두 섭렵하고 이 작품을 만난다면 그 당황스러움이 조금 덜했을지 모르지만, 그건 쉽지 않은 일일 것이다. 혹시 아직 알지 못하는 작품이 불쑥 등장한다고 해도 그저 지적 호기심을 자극하는 유익한 도구로 받아들이면 어떨까. 그리고 여러 번 곱씹어 읽다 보면 갑자기 튀어나온 것 같은 표현이나 이미지가, 때로는 가까운 위치에서, 때로는 아주 먼 위치에서 서로 유기적으로 연결되어 있는 걸 발견할 수 있게 되고, 그러다 보면 독창적이고 기발한 앨리 스미스의 스타일과 감각적인 언어에 감탄하게 될지도 모른다. 이 작품을 통해 여러 편의 훌륭한 시를 접할 수 있다는 것도 아주 귀중한 경험일 것이다.

이 책에 이런 내용이 있다. “우리는 어떤 음악을 한 번 듣고 이해했다고 생각하는 법이 없지만 책은 단 한 번 읽고 나서 다 읽었다고 믿는 경향이 있다.” 깊이 공감하는 바이다. 그 어떤 책을 읽을 때도 마찬가지이지만, 이 책의 경우에는 특히 더 그런 것 같다. 작가가 시, 소설, 에세이와 같은 다양한 문학작품은 물론 현대와 고전을 넘나들며 음악, 미술, 영화, 신화, 철학 등 다양한 분야의 작품과 인물을 예로 들고 있는 만큼, 이러한 분야에 대한 종합적인 이해가 바탕이 되어야 비로소 이 작품을 더욱 흥미롭고 자유롭게 즐길 수 있을 것 같다.

그리고 이 작품을 이야기하는 데 있어 절대 간과해서는 안 되는 건 바로 찰스 디킨스의 《올리버 트위스트》이다. 《올리버 트위스트》에 나오는 아트풀 다저가 아트풀이라고 한다면 각 개념이 지닌 속성 중 너무 작은 부분에 기댄 은유가 되겠지만, 《올리버 트위스트》는 이 작품에서 구조적으로 아주 큰 영향력을 행사한다. 죽은 연인에 대한 그리움과 애도를 그리는 이 작품의 배경에 《올리버 트위스트》가 흐르고 있다고 해도 무방할 것이다.

앨리 스미스는 이 작품에서 “누구도 같은 이야기 속으로 두 번 빠져들 수는 없다. 아니 어쩌면 같은 사람에게 두 번 빠져들 수 없는 건 이야기, 책, 예술일지도 모른다”라고도 했다. 비록 어떤 내용이 한 번에 와닿지 않더라도 시간을 두고 (아니면 인생의 다른 시기에) 책장을 다시 펼쳐본다면, 전에는 이해하지 못했지만 새롭게 보이게 되는 부분이 분명히 있을 것이고, 그런 새로운 국면을 맞이하는 게 이 책을 읽는 또 다른 즐거움이 될 것이다.

번역 과정에서 이 책을 꽤나 여러 번 읽었지만, 누군가에게 이 책을 간단히 소개해보라고 한다면 너무 어려울 것 같다. 몇 마디 말로 단순히 표현하기에는 앨리 스미스가 기꺼이 독자와 공유하기로 한 사랑과 상실과 치유에 관한 이 이야기가, 인용된 작품과 거기에서 비롯된 사유가 너무도 넓고도 깊기 때문일 것이다.

아트풀

1판 1쇄 펴냄 2024년 7월 20일

지은이 앨리 스미스
옮긴이 이상아
편 집 안민재
디자인 룩앳미
인쇄·제작 아트인

펴낸곳 프시케의숲
펴낸이 성기승
출판등록 2017년 4월 5일 제406-2017-000043호
주 소 (우)10885, 경기도 파주시 책향기로 371, 상가 204호
전 화 070-7574-3736
팩 스 0303-3444-3736
이메일 pfbooks@pfbooks.co.kr
SNS @PsycheForest

ISBN 979-11-89336-74-5 03840